ちくま文庫

樋口一葉の手紙教室

『通俗書簡文』を読む

森まゆみ

筑摩書房

夏の部

秋の部

冬の部

目次

雑の部

祝いの文

依頼の文

忠告の文

唯いささか

樋口一葉の手紙教室

——『通俗書簡文』を読む

明治21年頃女学生姿で太田竹子(左)
と撮影　(木下杢太郎記念館所蔵)

本文図版　「風俗画報」より

ことばの自由への道

人から手紙を貰うのはうれしい。これほど電話やEメールが発達した現代でも。夫の転勤についていったある友は、友だちもまだできない地方の町から「郵便受けにあなたの手紙を見つけると、砂漠でダイヤモンドを拾ったような気がします」と書いてきた。そういわれると張り合いもあって、せっせと手紙を書こうと思う。

こうした気安い幼なじみへの手紙や、他のことは放ってもいま我が心を伝えたい、と筆が走る恋文はいざしらず、お礼の手紙、頼み事の手紙、断わりの手紙などは気が重く、つい一日のばしにしがちだ。頂きものをしたその日折返し、電話でお礼をいうのも少し余韻がない。せっかく静かに差し出されたものには、心深い手紙で応えたい。

これから紹介する『通俗書簡文』は、明治二十九年十一月二十三日、満二十四歳で亡くなった作家、樋口一葉が書いた手紙の書き方の実用書である。亡くなる年の五月に博文館より発行、一葉の生前に唯一、本の形で刊行された。本書では樋口一葉全集第四巻(下)(一九九四年六月、筑摩書房刊)を底本に、たまたま入手できた明治四十三年の二十八版、大正五年の四十二版の『通俗書簡文』を参照し、解説をほどこしながら、明治女性の手紙の書きかた、季節の中での暮らしの機微を考えてみた。

肺結核で死期の近い一葉には、このような実用書ではなく、小説など本来の仕事をもっとさせてあげたかった気もするが、さすがに「たけくらべ」「にごりえ」の作者一葉ならではの美しい文章が並び、一例ごとに小説家ならではの想像力の駆使されたユニークなものである。

「通俗」は現在とはニュアンスがちがって、「俗っぽい」とか大衆迎合という意味ではない。「わかりやすい」とか「誰にでも読める」「一般向き」ということだろう。明治時代にはいまの社会教育を「通俗教育」と称し、書簡のことを「通俗文」といったと『広辞苑』にある。そして本書の成功もあって、女性のための「手紙の書き方」本は増え、下田歌子、与謝野晶子、平塚らいてうら、当代一流の文筆家、評論家もこれに手を染めた。

一葉は巻頭に、手紙を書こうと思ったら、あまり肩に力を入れて大げさな言葉を選ぶより、わかりやすく、すなおなことばで、思うところをそのまま自由に現わしたらよいのです、と述べている。

言うはやすく、行うのは難い。

一葉自身も竜泉寺町に住んでいたころの日記に、「唯おしき処は学あさくして、とる筆つたなく、おもう半をもうつすにかたければ、霞を隔てて遠山の花をおもうが如く手折ていざといい難きぞ侘しき」（明治二十六年十一月）と書いているくらいである。

遠山の高嶺の花の美しさを、くまなく描きたいではないか。手折ってさあどうぞというように文にして差し出したいではないか。

さあ、一葉を先生に、手紙の書き方を学び、ことばの自由への道をたどってみよう。

新年の部

市街の花（山本松谷画）

年始の文

改りぬる年の始の御寿、かど松の色かわらぬためしに申納め候。御夫婦様御はじめ誰君様にも御揃い御のどやかに御年迎え遊ばされ候御事、いといと嬉しく存じ候。此方みなみな事なしに齢一つとり重ね候間御心安う思し召給わり度、こぞは誠に思いのほかの御疎々しさ、去りどころなき罪のほども年立つやがて御目もじにて御詫び申上べきを。猶来客などのあわただしさに紛れて文にての略儀おぼしゆるし給わらば辱く候。此品ことなる事もなきを御年玉のしるし許にとぞ、何も申延べ候て。かしこ。

同じ返事

新年の御ことぶき御早々と仰せ下され、いとど身の怠りおもい知られ申候。こぞよりの御詫びはここもとこそ、何時も御噂申出ながら、折からの事茂さ寒けさなどに引こめられ候て、文をだに参らせず、如何おぼしめしいらせられ候やと御恥かしゅうも存じられ候。何れ近くに参上、頂戴ものの御礼も何も申上べく、御かえし御使いの人して。かしこ。

一月一日の朝十時頃、まだかなと思いつつ郵便受けをのぞくとあった、ゴム輪でくくられた一束。年賀状というもの、自分では書くのがおっくうなのに、たくさん貰うのはうれしい。

まずはこの人の行方、あの人の動静、そわそわと眺めて楽しいけれど、いざこれに返事を書き出すと大変だ。二日目ともなると葉書の山を前に、こたつの中でミカンの皮をむきながら、どうして一年三百六十五日のうちの二日三日をこんな作業に使わなければならないの、と腹立たしくなってくるから人間、身勝手なものだ。

最近は宛名までパソコン印刷の賀状が増え、あきらかに虚礼にすぎないものもどっと来るが、樋口一葉の時代はまだ、年始に赴くのが当り前、年賀状も少数の本当に大切な身内、知人にのみ書いていたのである。いまでは見かけなくなった候文という形式。たとえば明治二十六年の元旦、樋口家に届いた年始状は、家が傾き女所帯のせいもあるが三通。その日、一葉が出したのは十五通ばかりだった。

『通俗書簡文』では全編を通じて、郵便で出す手紙より使用人に品物に添えて持たせてやる文例が多い。人件費が安く身分がまだ生きていた時代である。これもその一つ。年の始めの書簡だからかしこまってやたら「御」の字が多い。

門松は新しい年とともに、守護神、トシの神が来てくださるとき、その依代（よりしろ）となるものである。いまでも竹を添え、藁で包んだ立派な門松を飾る大家もあるが、東京下町の多くでは町内鳶が細い松を門口に立ててゆく。

悪鬼を払う注連縄（しめなわ）も同じように張ってゆく。一月十五日の朝には取り払うので、それまでを「松の内」といって、賀状は松の内に出すのが礼儀とされている。だから、

「改った年の始めのお祝いを門松の色が変わらぬうちに申し上げます」

というわけである。いまは世が先急ぎで七日に松を取り払うようになった。

そして昔の人の数え年齢は生れたときを一として、正月が来れば一つ加齢するのだ

から、十二月三十一日に生れた赤ん坊は、年が明けるともう二歳になるわけだ。相手方の家族の無事をことほぎ、自分の家もつつがなく年を一つかさねたことを報告している。

門松は冥土の旅の一里塚めでたくもありめでたくもなし

という一休さんの作という歌を思い出す。

「去りどころなき罪のほども年立つやがて御目もじにて御詫び申上べきを」の何というなめらかさ、響きのよさ。二十を三つ四つすぎたばかりの女性とも思えぬ書き馴れた流麗さ。昨年中の疎遠を詫びるのに、

「文にての略儀お許し下さいませ」

これもいまでも使えそうな表現である。

お年玉は子どもにやるだけでなく大人も交換したらしい。一葉の日記には、「半井君（なからいぎみ）に奉らんとし玉ものかいにとて、本郷三丁めまで行」（明治二十五年正月）といった記述がある。一葉が師であり、思慕の対象である半井桃水のもとに年始に出かけるのである。

本来なら、互いに親戚知己の家を訪れ、「あけましてお目出度う」といっては名刺を置いてあるいた。江戸時代、正月朔日は徳川の御一門方、二日は大名方、三日は町

人、などと日を分けて年賀に登城したことの名残りのようである。しかし明治の末ともなると「一々来客に対して挨拶に出るのが面倒だというので、玄関口に屏風など立て廻(めぐ)らせて名刺受を置いて、一向に顔を出さぬということが流行」(『東京年中行事』)し、それでは郵便でも変わらないと、葉書による賀状が多くなったとある。前年四十三年一月の三が日に東京市内に配達された年賀郵便物は一千三百七十三万三千八百四十五通だったと、著者若月紫蘭は書いている。

明治二十五年、森鷗外と幸田露伴らが「歳暮歳旦の礼を逭(のが)れんため」年末旅行に出たことが鷗外の書簡集に見えている。このころすでに、年始も虚礼の感が強くなっていた。

としの始友(はじめとも)におくる

初日(はつひ)かげ、さものどかなる年(とし)に候かな。此朝(このあさ)ぼらけは軒(のき)ばの霜(しも)だに見え候わず、まして風なき大路に遣り羽子の音など、はやく心のあくがるるように御座候。逢い参らせしは一昨日の夜なれど、あやしゅう隔たりたるようにて御有さまゆかしゅう、左こそ一夜の待久しゅうおわして、此若水は御手づからや汲ませ給いし、末の御妹御さま柳のしたの御ことやの玉いつるなど思いやられ申候。歳暮に仰せられし御着物のいろいろ、御帯のさま今も参りて見たてまつり度を、今日は女子の出づべき日かななどいましめられ候まま、此ほど少し過してとたゆたわれ候を、お約束たがえりとて怒り給わば詫しく候。例も奉るなる鉢うえの梅、ことしは花の少なきようにて見ぐるしけれど替らぬしるしばかりに候。例のいわい言葉どもは今、御まのあたりにてと。かしこ。

同かえし

此方よりこそ先ずと存じたるを、屠蘇など取はやし居つる紛れに御文はやく給わりて、遅れ参らせたる事はずかしゅう候。賜わりたる梅が香、これこそは此年の栄えと一同かたじけながり御礼よろしくと申出候。御うつりには例の甘露煮、お重づめの隅にもさしおかせ給わば嬉しかるべく候。此方こと齢一つとりければ今日よりは少しおとなしゅうせよなど家人にいましめられ候て、心のままに羽根つく事もならず、妹どもが双六の相手など致し居候。待渡りし歌留多、こよいより人々呼集え申候まま、御ゆるし出で候わば必らずかならずおわしませ。扨こそ千歳の御ことほぎも申のぶべく、御ことの葉うけたまわらざらん程は猶ふた年の心地に御坐候。かしこ。

先のが仕事関係や親戚への公式の年賀状だとすれば、も少しくだけた女同士の賀状がこちら。

「のどかな新春の朝、軒に霜も見えず、大路は風もなく、羽根をつく音が聞こえます、一昨日の夜、お会いしたばかりですのにもうずい分前のことのような気がしてなつかしく……」

風景が浮び、音まで聞こえそうな文。若水というのは元日の暁に汲む、年のはじめの水、まず神棚に供え、口をすすぎ、これを飲めば一年の邪気を払うといわれた。一葉日記にも「人よりはやくと、いそぎ起て、若水くみ上るもうれし」（明治二十五年正月）とあり、そのあと雑煮、屠蘇くみ、書初め、年始など静かな正月が描写されている。

本郷菊坂下路地奥の一葉が用いたという井戸は現在も健在で使われている。正月、井戸には譲葉と裏白の注連を飾ったもので、最近でも本郷や谷中の井戸ではよく見られる光景だ。

かつて女の正月は忙しかった。年越の準備や年始客のもてなし、だからここでも年始早々の外出を女はいましめられている。十五日ごろになるとやっと手がすき、小正月とか女正月といって、小豆粥を炊き、女だけで集って遊んだ。松の内、女性は家の中で双六や歌留多を楽しむくらいであった。

歌がるた女ばかりの夜は更けぬ　子規

私の子どものころも羽子板は暮れのうちに浅草の市で買って飾っておいたけれど、だんだんに歌舞伎の人気役者の押絵の部分が厚くなり、豪華になり、とても実用に堪えない。もちろんあれは飾りもので、本当に羽根つきをするのには駄菓子屋で売っている安っぽい木の方がやりやすい。錦紗の晴着を着て妹と外で羽根をつく正月はのどかだった。だから正月というと『吾輩は猫である』の苦沙弥先生のお嬢さんたちの羽根をつく情景を思い出す。

返事の方は、梅の鉢のお返しにおせち料理の主役、甘露煮をもたせている。双六や歌留多をして遊ぶので「必らずかならずおわしませ」と友の来訪を促している手紙である。

ちなみに一葉自身がじっさい、萩の舎の新年会について出した年賀状に、次のようなものがある。

明治二十三年一月十二日　伊東夏子宛

新たまのとしのはじめの御寿、いいふりたることには候えど、いつもいつも限りなき御事に御座候。偖とや、この御稽古はじめには、誰はおきて御前様こそかならず御出の御事とぞんじ居候には引かえて、御前様のみか、みの子の君にも御不参故、まどいのむしろも光りなきここちして、日ひと日ものたらぬように存じられ候。それかれにて、例の景物・歌あわせの御相談も昨日はなく、十八日御歌あわせのよしに候まま、此日はかならず御出まち上候。昨日の御題ならびに宿題申上候。

当座

貴賤迎年　新年鶯　新年月　雪似花　海辺鶴

浜のまさごのつきせぬ御もの語りは、猶春永と申のべ候て、まずは右申上度、あらあらのみ。かしこ。

一月十二日（いちがつじゅうににち）　　　　　　　　なつ子拝（こはい）

夏子君（なつこぎみ）　御（おん）まえに

当時の歌塾では現在の宮中歌会始のように、題を与えて歌を詠んでいた。稽古始に親友の伊東夏子や田中みの子が来なかったのは、「まどいのむしろも光りなきここちして」と残念がっているのが真情を伝える。十八日の歌合せにはぜひとも、と当日の題、次の会の宿題を記している。

伊東夏子は東國屋という有名な鳥問屋の娘で団子坂在住。裕福ではあったが萩の舎に多かった上流の子女ではなく、一葉、田中みの子と平民組をつくって仲良くした。

歌留多会のあした遺失物をかえしやる文

昨夜は太郎さまようぞ御かし下され、お蔭さまにて近頃になき面白き遊び致し候。いかにもお元気のよき御子様と昨夜の連中おほめ申上、此次の日曜日にも是非御一処に遊び度由、さわぎ居られ候。早くにお帰り遊し度よし仰せられしを、今しばし今しばしと無理にお止め申候て、遂いあのようの夜更けに相成り、お宅にては何時もお定まりの時刻にお就蓐なるべきを、嘸かし御ねむういらせられしならんと御詫び申上候。昨夜かるたの盛りなりし時、これは邪魔なればとて御懐中時計床の間にお取りおき遊したるを、人々の乱暴あやうくて私お預り申上しを、お帰りの時は更なり、一向に思い出し申さず、唯今簞笥に用ありて始めて見出で申候まま、直に人してさし出し候。御受取下され度候。私無言にお預りいたしたる事なれば、万一お取落し遊したるなどお案じもいらせられしや、さらばいよいよ申訳なく、返えすがえす御詫び申上候。太郎さまに宜しくお伝え下され度候。かしこ。

同返事

わざわざお人にて時計おつかわし下され有がたく存じ候。子息こそ毎々御邪魔にあがりては御厄介に相成り、昨夜もお送りまで頂き候こと、此方よりこそ御礼申上べきに候。いかばかり面白き御連中にいらせられしや、帰りて後床に入りても御噂申つづけにて、誰れさまに幾度まけ申したるの、彼れさまは御ずるき遊しかたなど、くり返しくり返し居候いき。時計のこと、さてはお預り置き下されしかと、お使いにて始めて心づきしほどに御座候。いかにもいかにも恐れ入候。興にまかせて御連中さまがたに定めし失礼もいたせしなるべく、御詫びよろしく御申伝え下され度候。其うち一夜、ここもとへも御寄合い下され候わばかたじけなく、太郎しきりに願い居候。御礼のみ。かしこ。

おそらく中年のしかるべき家の婦人であろう。知人の子息、太郎をかるたの会に招いた。

早く帰りたがるのを引きとめ、帰宅が深夜になり、いつもの時刻にお休みになれなかったのではあるまいかとの詫びのあとに本題。かるたを取るのに邪魔になると預った懐中時計を床の間においたのを帰りにお返ししなかったのをいま気づいた。どこかで落としたのではと心配していられるのならますます申し訳ない、という。いかにも日本人らしく、そうあやまる理由のないことにまで恐縮している感を受ける。

返事の方もお礼やお詫びをくり返している。双方ペコペコという感じ。ただ昔の文語文は定型の美学があって、詫びもなかなかキリッとしてかっこよい。

「此方よりこそ御礼申上べきに候」

「いかにもいかにも恐れ入候」

「ここもとへも御寄合い下され候わばかたじけなく、太郎しきりに願い居候」

ここでのキイワードである懐中時計はいつごろから世に普及したか。森銑三『明治東京逸聞史』を見ると、明治の五年ころは懐中時計を持ってるのが大きな見栄だったらしい。その例として、両国辺の水茶屋に入った洋服の男が銀鎖を襟にかけて、いかにも懐中時計を持っているらしくみせていたが、うっかり鎖を引っ張ってしまい、その先についていたのが時計ではなく天保銭だったのに一座がどっと噴き出したという話が紹介されている。

同じころ、仮名垣魯文の『安愚楽鍋（あぐらなべ）』には、シャボンや香水とともに懐中時計もハイカラの代表として登場する。

「苦しい算段にて求めたる袖時計の安物を、襟から外して、時々時を見るはそッちのけ、実は外への見せかけなり」

と懐中時計を袖時計といっている。用もないのに時をみる。「但し鎖は金のてんぷらと見えたり」。金メッキを〝てんぷら〟というなんて洒落ている。

ランプ亡国論などで文明開化と舶来品に批判的だった佐田介石は「身に過ぎた金の時計に指輪はめ末は手足に鉄の輪をはめ」(『世直しいろは歌』)と、もちろん皮肉っている。

春の部

帝国図書館特別室及婦人室

余寒見舞の文

暦をくれば春の日数に入り候えども、梅うぐいすなどかけても思いよられぬ御寒さにおわしまし候をいかが暮させ給うや。夏のあつさには汗だに見えさせ給わぬ御羨ましさに引かえ、いつも此頃を憂きものに思しめすよう承りおよび、昨日よりの雪に御障りなどもいらせられずやと御案じ申上候。御有さましめさせ給わば嬉しかるべく、此甘酒は人より教えられ候て始めて試みたる手製に候まま、加減のほどあやしけれども御笑いぐさに参らせ候。入れ物はお留め置き下され度候。御様子うかがいまでに。かしこ。

同じ返事

雪の上ふく風の寒さに春は炬燵のうちばかりと思い居りしを、御文ならびに好物の品たまわり、御情のあたたかさを身にしめては余寒の冴ゆるも忘るるように御座候。御察しのごとく人一倍の寒がりにて、老人のようにと笑われながら籠居の明暮れ、火桶を友に暮し候は例年も同じさまに候えど、幸い今年は持病の咳おこり申さず、是れは大助かりに候。やがて参上御礼も申上べきに、池の氷の岸をはなれん折まち渡り候。御かえしのみ。かしこ。

「暦のうえでは立春をすぎましたのに、梅や鶯などとても思い及ばぬ寒さでございますがいかがお過ごしでしょうか」

葉書だとつい「前略」と書き出しがちであるが、やはりこれくらいの季節感が助走にほしい。

余寒とは立春をすぎても寒さが残ること。だから余寒見舞は二月いっぱいに出す。

暦は一葉の生れた翌明治六年、旧暦（月のめぐりを基準とした陰暦）から新暦（太陽を中心とした陽暦、グレゴリオ暦）に変わった。つまり五年の十一月に太陰暦を廃し太陽暦を採用する布告があって、来る十二月の三日を明治六年一月一日とする、ということになった。同時に一日も十二刻の不定時法から、二十四時間の定時法に変わった。だから十二月はわずか二日で終ってすぐ年があらたまり、急なことで、この年は餅を搗かずに餅屋で買ってすましたり、門松を立てずに終った家もあった。なにより初春というので詩歌を作ろうにも、梅も柳もないし、桃も桜も夏咲くような塩梅で、すっかり風流人は調子が狂ってしまった。季語というものも大幅に変更が必要となった、と森銑三は『明治東京逸聞史』で、旧幕臣の文人、浅野梅堂の随筆を引いていっている。

元旦が春でなく、三月三日に桃の花は咲かず、七月七日の七夕に天の河は見えない。九月九日に菊咲かず、というわけで、暦と季節がくいちがって、これぞ本当の「季違い」と三田村鳶魚などは腹を立てた。いまでも地方では一月おくれの旧正月や旧盆のままにしている所も多い。

この文例では、立春といえば梅うぐいす、なのに雪が降っている。

私が子どものころ、三月に雪が降ると、母が窓の外を見て〝三月の忘れ雪〟とさえずるように面白がったものだが、新暦では春といってもかなり遅くまで雪が降ったであろう。

冬につよい人、夏につよい人がいて、この手紙の宛先は「夏のあつさには汗だに見えさせ給わぬ」人である。が、寒さの方に弱いからと気づかい、手づくりの甘酒を送った。

甘酒はいま家庭で作るときは簡便に、酒かすを買ってきて水で溶き、砂糖を入れ、しょうがのすりおろしたのを落とすが、そのころは、もち米のかゆにこうじを交ぜて発酵させ、なかなか手間がかかったようである。

「御笑いぐさに参らせ候」は「お笑いぐさにお味見下さい」「ご笑納下さい」などと形を変えていまも使える。いまも隣近所では「タッパーはいいわよ、そのまま使って」などと言って下さるが、同じく「入れ物はお留め置き下され度候」もいい表現である。そう添えないと、相手は気を遣って半紙の一帖も入れて返して寄こすから。

そういえば、忙しい人に物を贈り文を書くとき、お返事を頂かなくても結構です、ということをどう伝えたものか悩む。「どうかお返事はご放念下さいませ」とか「お返事はお気遣いなく」と書いたりする。これは下手に書くとつっけんどんな感じや拒否的なニュアンスが出て、一度「ご返事ご無用」と友だちに書いたら、なんて薄情なの、と叱られたことがあった。

この返事も勢いがあり、調べがあり美しい。一葉が一気にさらさらとしたためた例文のように思える。

「あたたかいお気持に余寒の冴えも忘れるようです」はあっさり真似してみたい。

最後の「池の氷の岸をはなれるのをひたすら待っております」も春を予感させる美しい結び。いまの東京では氷が池にはるほどの、歯の根が合わぬほどの寒さというのはなくなったけれど。

初午に人を招く文

春たちてよりまだ幾日にも候わねど、思いなしの風の寒からぬようにて、物のどかなる心地に御座候。去歳の此頃は兎角雪ふりがちにて道などもいと悪く候いしまま、例の稲荷まつり初午はさらなり、二の午も同じ事にて、延々のはてはいつしか其事なしに終り候を子供口おしがり候て、一とせ打つづき其恨みのみ申出され大きに困り入候いしかば、いかで今歳はと思いわたり居候に、明後日は折よく日曜にも当り候上、はじめての午ゆえ、明日よりかけて社の太鼓うちならすべきよう心がまえいたし候。いつもの通り騒がしきのみにて何のお慰みもあるまじきなれど、地口行燈の趣向など、長屋中の若き者あつまりて兎角つくり出候まま、坊さま方御伴い御泊りがけに御入り下さらばかたじけなく、お相手にはお邸へあがり居り候娘呼寄せおき申べく、かならずかならず待奉り候。かしこ。

同じ返事

いずれも同じ子供ごころ御笑い下さるべく候。此方末のいたずら者かねがね指おりては他処さまの御祭りを待久しがり、今年は雪のなきようになど自ままの願いを申居候いしなれば、御文のよう聞かせ候ところ躍りたちて嬉しがり、明日はかならず参上らせくれよと迫り申候。御言葉にあまえ、夕刻より両人とも御厄介願い候まま、御遠慮なくお叱り下され、一夜おはやしの連中に御加え下され度、私も参上久々にてお娘御さまに御目もじも願い度を、良人こと杉田の梅見を誘われ申、私留守居いいつけられ居候まま、御残りおしけれど子供のみさし出すべく、此品不器用のものなれどお煮染のお附合せにもと存じいささか奉り候。くれぐれいたずら子供に候間、御しかりのほど願上候。かしこ。

稲荷というのは稲生を語源として、もとは五穀豊穣の神宇迦御魂を祀っている。狐はその遣いである。商売繁昌、また町内安全の神さまとして路地や邸うちに勧請されていた。「江戸に多いもの、伊勢屋稲荷に犬の糞」といわれていたくらい。

午の日が縁日で、月のうち初午、二の午、三の午となるが、いつのころからか、とくに二月の初午を盛大におまつりするようになった。前日から木戸の外に染め幟を一対立て、木戸の屋根には武者を描いた大行燈を吊る。家々ごとに地口行燈を飾った。地口行燈というのももはやピンとこないが、四角い箱に和紙を貼り、さまざまな判じ絵や洒落など描いて中に灯をともしたものである。

初午は子どもの喜ぶまつりだった。いまでも家に近い谷中あたりでは、稲荷のある家では近所の子につめあわせの菓子袋をこしらえて配ったり、そばをふるまう所もある。昔は路地や長屋中の人びとが集まり、煮しめなどをつくり、夜っぴいて大さわぎだったと聞く。

子ども達は万年講といって、数人ずつ隊を組み、「正一位稲荷大明神」の旗を先に立て、太鼓をうちならしながら町を練り歩く。

「お稲荷さんのお初、お十二銅お上げ……」

と唱えて金を集め、それでお餅と油揚げを買って社にそなえたという。

この手紙、立春よりほどないけれど、心なしか風もゆるんでのどかな気配。昨年は雪がふって寒く、道もぬかるみ初午ものびのびのまま行なわなかったら、賑やかなまつりがないことを子どもたちが一年中くやしがるので、今年は日曜日を選び盛大に催します、お子さま方をつれてぜひ泊りがけでいらしてください、との招き。お邸へ行儀見習いに上がっている娘も里帰りさせて、お子さんたちの相手をさせるというのである。

返事は快諾。誘いをうけて子どもたち「躍りたちて嬉しがり」と率直である。そのむかし、うれしい、かなしい、たのしい、おかしい、さみしいなどの言葉はどれくらい正直な、強い意味を持っていたことだろう。言葉に対する信頼感があったように思う。

かぞえ百二歳になられた新内語りの岡本文弥師匠からお葉書をいただくと、サインペンで書いた特徴ある丸い丸い字で、さいごに「お便りありがとう、うれしい」と書いてあってこちらもうれしくなる。文弥さんは一葉の亡くなる前年、明治二十八年の生れである。

返事の方は、子どもたちはご厄介になり、一夜おはやしに加えていただくが、私の方は夫が杉田の梅見に誘われているので、家の留守をしなくてはならないので不参、という。

良人を「やど」と呼ぶのは「うちの宿六」くらいにしか残っていない。そして、子どもはいたずらなので遠慮なく叱ってほしい、という親の構えもいまは失なわれたものである。遠慮会釈なく受け入れあう関係が薄まり、地域の行事に、知人の催し事に、子どもだけ行かせるということも、いまでは少なくなってしまった。

初雛祝い（はつひないわい）の文（ふみ）

日ごとのどかに成（な）り増（まさ）り候。みなみな様（さま）いとど御機嫌（ごきげん）よう渡（わた）らせ給うらんと御嬉（おんうれ）しく存（ぞん）じ候。此ほど承（うけたまわ）ればお千代（ちよ）さまもはやお高笑（たかわら）い遊（あそ）ばされ候とや、誠（まこと）にものを引き延すようにすくすくとお生長さぞかしお楽しみの御事なるべくおうらやましゅう存じられ候。私娘にも一人はあらせ度と望み居候えど、これのみは甲斐のなき事にて、当人もしきりに欲しがり居りせめてはあやかり奉らばや、此朝ぼらけ、自身十軒店へ参り候て御初節句のお祝いのしるしばかり、五人ばやし一組これ奉りくれよとに御座候。御処々より種々綾羅びやかに参らせおわします御中へお恥かしきさまなれど、御心安さに任せて娘が心ばかりに候。納め給わらばかたじけなく、裏の園に切らせたる桃一枝、まだ蕾がちに候えど添えて御覧に備え候。かしこ。

同じ返事

御こころ入れのお祝い物、ならびに御後園の桃の花をさえ添えて賜わりし、かたじけなさ、共に雛壇のさかえと取はやし申候。何事の式左法も之弁え申さずあやしきさまに候えど、処々よりの賜わり物取ならべ、其もとにて白酒一盃参らせ度こころ構えに候まま、三日は午前より御入りのよう願わまほしく、御両娘さまとも是非にとまち奉り候。物好みの 橘町 は参り申さず、御心安き番町の人々其

ほか、とても淡泊とせし方々に候間、かならずかならずおむずかしゅう思し召給
わらぬよう、取集めて申上候。御礼は御めもじにて。かしこ。

最初に女児を恵まれて、浅草橋あたりの人形問屋に雛を買いに行ったときのうれしさを思い出す。テレビで宣伝をしている大きな店より、小さくとも仕事のていねいな品のある店をと裏道まで歩き回ったが、乏しい予算では左近の桜右近の橘の柵も、ひし餅の台も、木ではなくプラスチックのものにしか手が出ず、がっかりした。

その昔、赤ん坊の私が歩行器の中でにんまりしている初節句の写真、その後ろに飾られた雛は小ぶりではあったが、冠のかざりから直衣の帯まですべて手作りのあとがみえた。最初の年はお内裏様を買い、次の年は三人官女を買い、五人囃子は父と母が仲人をした若い友人夫妻が祝ってくれたと聞いた。雛はもともと紙や布でつくって自分の災厄を背負わせ、人形として川に流したものだが、いつのころからか、保存して年に一度出して飾るようになった。

友人の孫の初節句に五人囃子を贈る文である。「承ればお千代さまもはやお高笑い遊ばされ候とや」と早い成長をことほぐ。ほんとに人の子ほど、あれよあれよという間に育つものはない。

十軒店とは、二月ごろ人形市の多く立った日本橋辺。江戸のころは尾張町、人形町、浅草茅町、池の端仲町、牛込神楽坂上、麴町三丁目、芝神明前などに雛市が立ったが、明治になると十軒店が主になる。紅白だんだらの幕を張り、店は高値をふっかけ、客は値切るのが楽しみだった。

自分の娘も女の子を欲しがっているけれどもこればかりは天の恵み、せめてあやかりたいものです。きらびやかな雛壇ではさぞ見劣りがするでしょうが、と五人囃子を贈り、裏の園の桃の枝をそえる。

貰った方では、心のこもったお祝いを頂き、その上、桃の花まで添えられて、「雛壇のさかえ」と喜んで騒いでおります、初節句ですから白酒一つさしあげたいので、お嬢様方とおいで下さいと招く。

一葉の日記にも「今日は上巳の節会なればとて白酒いり豆などととのえて一同祝う」（明治二十五年三月三日）と見えている。

気軽な集まりであることを示すため、物好み、すなわちうるさ方の橘町の親戚は来ず、気安い番町の人々などさっぱりした人ばかりですから、といっている。村の中には同じ名字が多いので、姓で呼ばず五郎兵衛さん、与作さんとお互いを呼び、あるいは丸十とかシタテヤといった屋号で呼ぶ習慣はいまも田舎に行くと残っている。田舎から出て明治の東京に散らばって住む同姓の親戚内では、こんどは住んでいる町で呼びわけた。

私の家でも父の親兄弟たちを小岩のおばさん、阿佐ヶ谷のおじさん、世田谷のおじいちゃんなどと呼びわけていたことを思い出す。そういえば、それら親戚が集まって祝ってくれた私の初節句の写真では、雛壇に白酒の代わりにカルピスが飾ってあった。

小学校の卒業を祝う文

花も咲き申候。御わたりいとど長閑におわしまし、日々御笑みがちに御暮し遊ばされ候わんと羨ましゅう存じ奉り候。かねがね待聞えつる次郎さま、御試験御とどこおりなく済ませられ小学全科御卒業あそばされ候よし、普通よりも御年も参らぬに、御試験の度ごと席順などいつも人より上にと承りおよび、御教育がらさもあるべき事には候えど、御感心の御勉強と申合い居候いしに、此度は取わき優等におわしまし候とや、錦の上の花とも申べく、御両親様の御喜びいか計と推し上候。この事はて給わば何方へか御遊山の旅あそばすよう伺い居りしに、御場所は定まり給いしや。一日ゆるゆる御物がたり聞え度と此方子息申居候まま、御暇の折お入りもあらばかたじけなく候。此品ふつつかの至りなれど御祝いのしるしばかり、次郎さま御用にも立ち候わば此上もなき喜びに御坐候。かしこ。

同じ返事

次郎こと卒業御祝い下され数々の賜わり物、当人は更なり御礼海山申上候。御存じの不器用にて、随分父親などやかましき小言を申候えど兎角こころに任せ申さず、漸く小学だけを終り候なれば、これよりの事いとど案じられ候。やがて入るべき学校の撰み、そのほか是非御相談願わまほしく、御総領さまに凡ての御心添えなし下され候よう御伝え給わり度候。試験前より少々脳病の気味にても候いしまま、常陸の親戚へ一月ばかり遊びに遣わす心得に候。帰り候わばただちに御許へさし出すべく、御十分に御いましめいよいよ励むべきよう御教えいただき度、お礼ながら右願置候。かしこ。

明治の初めにはまだ江戸時代の寺子屋に発祥するような私塾が多かったのがおいおい淘汰され、明治五年に学制が制定され小学校は義務教育となり、明治二十九年ともなるとかなり近代の教育制度が定着している。

もっとも樋口一葉自身は、本郷の赤門前法真寺（いわゆる桜木の宿）門前にいたころ公立本郷学校に入るが、あまりに幼ないので父親がやめさせてしまった。その後、あらためて私塾吉川学校に入り、論語の素読をはじめ漢文、和文の粋を教わり、さらに池の端の私立青海学校で四級を修了したのである。

まだ女学校は数少なく、向学心に燃え、しかも貧しい一葉は、中島歌子の萩の舎で働きながら主に日本の古典文学を学んだ。同時に上野の東京図書館（現在の国立国会図書館上野分館）の婦人室で本を読みふけった。

この一文は、小学校も満足に終えなかった一葉が書いた卒業祝いの文であると思うとせつない。

〈知人の息子次郎が試験をすべて通り、小学全科卒業したよし、それも年が並よりも小さいのに、成績もよく、おそらく飛び級などして、とくにこのたびは優等ということでもあり、両親のお喜びいかばかりかと心ばかりのお祝いの品をさしあげますという手紙。

明治二十九年、すでに学校での成績がいいということが、これほど価値をおかれていたのかと驚くばかり。もちろん一葉はそういう考え方をいささかも疑っていない。「末は博士か大臣か」「恩賜の銀時計組」などといい、東京大学に入ることを至上とする学歴主義がすでに始まっている。一葉も日記中で知人の子に対し「すえは山松の大空までや、おいのぼり給わんずらん」などと将来を嘱望している。

一方、親の方は、自分の子どもを「不束者（ふつつかもの）」「豚児」などと称するこの国のつねとしてあまり手放しでは喜んでいないようにみせている。不器用者であって父親はずいぶん小言もいうのだけれど、なかなか思うようでなく、ようやく小学校だけは出たが、上の学校もどこへ入れるべきやら、ぜひそちらのご長男にご相談したい。試験などで多少、神経がまいっているので、常陸（いまの茨城県）の親戚のもとへ一月ほど休養にやりますので、帰りましたらうかがわせます、というのである。

脳病などという言い方はいかにも明治的な表現である。

心の病いを指すこともあるが、この手紙ではいずれ勉強のしすぎによるストレス、過労の類いだろう。そういえば宮武外骨は自分の出す雑誌が期日通りでないと「脳髄過労症による例の延刊」などといいわけをしている。

一葉自身、いちばん悩んだのが頭痛と肩こりであった。「例の脳病起りて」「脳のなやみつよくして」「四五日脳病激しく」と日記でくり返している。これは頭痛だろう。肩こりの方は灸治や揉み療治に行けばよいが、頭痛は「頭いと、いたくて、せんかたもなく苦しければ、今宵は十時に床へ入ぬ」（日記・明治二十四年七月二十四日）。ただ横になるしか仕様がなかった。

春雨ふる日友に

今朝はいかばかりの御朝いなりけん。此ふみ参らん頃、御手水などすませ給いてなお重たげの御目ざし、此あたりのさがな者がいつも申すなる霞の中の花をさながら、例の御部屋の槙柱に寄りおわしますらんさま、見ゆるようなるがおかしく候。鶯の音いかに聞かせ給うや、音なく霞む御庭の面に柳のいとのぬれ色など、いずれか御歌ぶくろの物ならざらん一首は此方にも恵み給えや、さらば此雨にはぐくまる垣ねの草の夫よりもはるに逢う喜びは増りぬべく候。いとつれづれに人こいしゅう言葉がたきも無き宿なれば、御返り言承らばやとのすさびに候。手製のかすていら折からの御慰みにもと進じ候。笑わせ給えや。かしこ。

同じ返事

今を寝起かとは思しめしやり余りに候。此頃たえてそのようの怠りせし事なく、人先に雨戸くりあけ申候。偽りとおぼしめさば家内のものにお聞き下さるべく、今はおとなに成り申候。昨夜よりの雨にて上野やほころびし、墨田川も色づきぬらんなど物ゆかしゅう、鶯の音に梅の花笠きせまほしき事もたどられず、空なる物をおもい居候折からの御文にて、例のことよき御言の葉さりとも余りなるは憎く候。この御恨み御まのあたりならでは聞えにくきを、途わるければ其かいなく何時かはとおもいめぐらされ候。賜わりしかすていらは御手づからのとや、是れはどのように焼き申すもの御伝授給わらば嬉しかるべく候。いかにも御加減お上手にて一同かたじけながりもてはやし候。そのお移りにはお恥かしけれど、唯今妹ども相手にこしらえし押鮓いささか参らせ候。徴し給いし歌の代えともおぼし召給わるべく候。かしこ。

これは実用書簡というより、興にのって書いた友だちへの筆のすさびである。けさはどれほどお寝坊ですか。この手紙が届くころ、洗面などすまされて、まだや眠そうな御目で、口の悪い者のいい様では「霞の中の花」みたいなぼうっとした様子で、例のおへやの槙柱にもたれておいでではないかと目に見えるような気がいたします。

「鶯の音いかに聞かせ給うや」で思い起こすのは吉田兼好の『徒然草』三十一段だろう。所用の手紙でも、雪の朝ならば「この雪いかが見る」の一言がほしいと言った話をふまえている。手製のカステラ一つ送るのにも、このくらいの風雅な心を添えたい気がする。「かすていら」は砂糖が豊富だった西の窓長崎で作られた菓子。「にごりえ」では菊の井のお力が愛人源七の子にやっている。牡丹餅しか口に入らぬ貧しい子はハイカラな菓子を貰って喜ぶが、その母は顔色を変える。

春先、鶯の声、いとのような芽をふいた柳と、歌の材料には事欠かない。「ぜひ一首私のために詠んでくださいませ。それでこそ、この雨で育つ垣根の草よりも、この春に会える喜びはたち増すことでしょう」。草の中にも魂があり気持があるという擬人化。

家の中にはこれに応えてくれる人がいないのである。

「寒いね」と話しかければ「寒いね」と答える人のいるあたたかさと俵万智さんの歌集『サラダ記念日』にあったけれど、この感情は万古不易である。すでに一葉の言葉仇であった斎藤緑雨が「寒い晩だな、寒い晩です。妻のナグサメとは、正に斯の如きもの也」（「眼前口頭」）で書いている。

さて一葉が半井桃水を片時も忘れぬほどに恋していたことは日記からもわかるが、あらぬ想像をされてはくやしい、と彼女は思っていた。一葉が桃水を必要としていたのはなぜか。それも日記中に語られている。いっしょにいてくつろげる人、自分を素直にさらけ出しても受けとめてくれる人、興味が近く隔てなき心で語りあえる友人。同性異性にこだわらず、それは誰にとっても必要だろう。「月花の折々に心をかわし、文にもまのあたりにも、おかしき事いい交しなどの嬉しきにもあらずかし」（日記・明治二十六年四月）は、まさにこの手紙の主題である。

手紙をもらった方も打てばひびくようである。

「今を寝起きかとはあんまりです。最近は早く起きて人より先に雨戸を繰りあけておりますから、嘘とお思いなら家の者にお聞きになって」

とムキになってすねてみせる。ユーモアでもあろうし、わざとオーバーな身ぶりをする王朝文学の伝統かもしれない。

鶯の音がきこえると梅の花笠を着せてみたい、とはかわいらしい突飛な想像だ。空を自由にかける鳥にそんなことができるはずはないけれど。

「上野やほころびし墨田川も色づきぬらん」とは双方、桜の花の名所だから、心ははや梅につづいて咲く彼岸桜にでも移っているのだろう。「一葉日記」の最初の方にも上野、隅田川の桜見物のくだりがある。その日は大学のボートレースも行なわれて、一葉は心ときめかした。

そしてもらった手製のカステラの礼。「これはどのように焼くのかしら。教えて頂けたらうれしいわ」。

柳や鶯の一首を恵みたまえとの雅びな願いに肩すかしをくわせ、妹とつくった押鮓をお返しに持たせている。どうやら返事を書いたひとの家のほうが賑やかな気配がある。

花見誘いの文

文し上候。いつぞやの給いし小金井のこと、境の停車場に居候知人に頼みて盛りの頃つげこすよういい置きしに、今朝ほど便り御座候て、花はこの二三日ばかりとの事に候。日曜は人の出おびただしくて汽車の昇り降りなどわずらわしければ、さらぬ日にとの事にて、明日と取きめ候えど御都合いかがいらせられ候や。かねては必らずと仰せられ候えど、御兄上様御祝儀ほどなくと承りおよび、御多用の折からいかならん。さりとも申上ざらんは物たらぬ心地し候て、あやぶみながら此文をば聞え候。御立出かなわば嬉しさいかなるべき、ここもとよりは母妹およぴ伯父も参るつもりに候。御返事たまわり度。かしこ。

同じ返事

小金井の花見明日とおぼしめし立のよし、御玉章有がたく拝し候。私はいまだに彼処を知り申さず、何時も人さまの御はなし出るごとにおうらやましゅうのみ思わたり、此春のみはかならず御連中に加え給いてよと自ままの願い申上おきしに、ようぞおくらかし給わず、殊に御かたがたとならば面白さいかならんと、嬉しく母につげ候てゆるしのほど聞き申候処、例の用ども大かたは片づきたる上、私居たりとて何ほどのたしにも相成らず候なれば、よき御連れのある折願いて御供申よう、御刻限など委しゅう承われよとの事に候。御返事ながら婢女さし出し候間、すべての御指図お聞かせ下され度、今宵すぐるを楽しみわたり候。かしこ。

いよいよ花である、桜である。

その名所の第一は何といっても上野東叡山寛永寺であろう。『東都歳事記』には「上野山中は彼岸桜多し」とある。立春より五十四、五日頃から咲く。上野の山はその昔吉野の苗を植えたという。

つづいて枝垂桜。東叡山、谷中日暮里、湯島麟祥院、根津権現社……目黒祐天寺、池上本門寺。これらはみな並木ではなく一本桜である。

単弁桜の頃になり、東叡山、谷中七面宮、駒込吉祥寺、小石川白山社、大塚護国寺の次に「小金井橋の両岸」が出てくる。ここの桜は寛永のころから植えはじめ、吉野の桜、桜川の桜を植えたという。一里あまり両側すべて桜並木。墨堤と並ぶ並木桜の名所だが、江戸のころは日本橋から七里もあるので日帰りというわけにはいかなかった。金井橋の柏屋に宿をとり、翌日は国分寺の古刹をたずね、府中の大国魂神社に詣で、多摩川の風景をたのしみ川魚を賞味した、と同書にある。

小金井の桜は両岸に大樹があり、橋からの景色はみごとであった。桜の花は毒消しになるというので玉川上水の両岸に植えたのが始まりという。

小金井へ向う汽車は明治二十二年開業の甲武鉄道である。いまの中央線で、最初、新宿―八王子間を走ったが、二十八年、飯田町が始発となり、小金井観桜の臨時列車も仕立てられた。これにより片道一時間ほどで日帰りが可能になり人気を集めた。

境の停車場とはいまの武蔵境。そこに知人がいて、花の盛りはこの二、三日と便りをよこした。日曜は人出も多く汽車も混むでしょうから平日の明日ご一緒しませんか、お兄さまのご結婚も近くて何かと忙しくしてらっしゃるとは思いますけれど、と友人を誘っている。

飛び立つような返事である。「私はいまだに小金井の桜を見ていませんので、いつも人さまの話に出るごとにうらやましく思っておりました」というのは一葉その人の気持ではなかったか。明治二十五年春、一葉は小金井の花見を誘われたが、雑誌「武蔵野」に「五月雨」を書くので忙しく断念した。二十八年には「文学界」同人が小金井に花見に行って一葉に報告している。

ことしこそ誘ってね、とお願いしておいたのを忘れず、よくぞ仲間に加えて下さった、うれしいということ。「おくらかし」は「後らかす」で放っておく、後に留めおくの古語である。ほかにも自まま（自儘＝勝手気まま）玉章（玉梓ともかく、消息のこと）など古めかしい用語も多い。

兄の結婚の用意は大方調いましたし、私がいても大して役に立たないのでぜひお供せよと母も申します。こちらも婢女に文を持たせてやり、待ち合せの時間など、その女に指図してくれと頼んでいる。いまなら電話やファックスですむ連絡も当時は大変である。

花見の誘いについては一葉自身、とび立つようにうれしそうな文を書いている。

明治二十五年四月十二日　田中みの子宛

駒にくらおけとの花のたより承るをそのまま、手製のよりはな緒を手綱にかえてとはやるものは心斗。あし分船のよの中には、よわの嵐しらぬならねど、明日までは雑用雑多、花のさかりを待宵のと例のおふるき所ならねど、十四日には御都合いかが。

牛込新小河町三丁目廿一番地

田中みの子君

四月十二日

じつに達意。二十歳そこその一葉である。田中みの子は萩の舎のずっと年上の稽古仲間。これは端書で出されたようだ。みの子からの、きのうは一日待っていたけれどいらっしゃらなかったのはさぞお忙しいのね。でものどかな四月を家にこもっているのはよくないわよ。それはさておき、お花見しましょ。この雨で、小石川の植物園もあしたあたりは満開なそうよ。いざ駒に鞍を置いていらっしゃいませね、という誘いの端書に応えたもの。

この短い手紙の中にも数首の古歌が隠されている。歌塾の友人同士ならではの手紙。「手製のよりはな緒を手綱にかえて」に付言しておく。当時一葉は妹の邦子と、家で内職の蟬表をせっせとつくっていたのである。これは籐を細くして編み、駒下駄の表にはるもので、邦子はとくに名人だったらしい。

花の頃都にある娘に

うち絶え便り聞き候わねばいかが暮らさるると案じ申候。田舎は麻疹流行候てこれも軽くなき症ゆえ、隣村の作蔵が二番息子は先月より煩いて耳が聞えぬように成申候。これを見るにつけ、此方家内には何の異状もなきなれども、遠く離れ居るそもじの事あけくれ気にかかり申候。これまで遂いに一月と文の来ぬ事は無かりしに、三月の三日づけ書状五日にとどきし此かた、今日までを数うればもはや四十日にも余るまで便りこれなきは、万一わずらいてでも居候にや、それをば一向おしつつみて此方に心配かけまじとならば嬉しきようなれど心得ちがい申候。つねづねそもじは草先草がれに気鬱の出る症なるに、左様の容体などならんに独くしくしと部屋の隅などにかきこもり、薬も喰べず居候ようにては、鳥渡すむべき事をも大事にせねばならず候。もし病気ならば有体にいいこし候え。それそれの料おくるべく候間、充分養生をも加え、猶よろしからずは帰国という事にし候とも、いささか恥には候わぬぞ。其地に頼もしき親類も持たぬ身なれば、何事も心一つによくよく了簡し候てあやまりのなきよう致さるべく、其身を其身のものとはおぼさで、老たる母が苦労の種の身なる事わすれ給うな。これは取こしたる事なれど、久しく音信のなきを案じの余りさまざま取出らるるに候。父君なくなり給いし後、兄とそもじを手一つに育てて人に後ゆびはささせじと思い来つる母が心くみ給わば其身を大切に、病気の事のみならず怪しき名など取り給うな。そもじも知り居らるるべし、榎の長者が娘の不品行、一村のものわらいと成りて親までも人の顔の向けがたきは、彼娘が心一つに候。女子を東京の学校に入るるは田舎人いずれも嫌い候てよくは思わぬさまに候を、此村よりはそもじ一人出で居るに候えば、其辺いかにも心づけ給うべく候。兄は存じの通の稼ぎものにて、人は旧城下の花見にとて長き着物きて旨き物たべに行もある中を、一人くろく成りて男どもの指図もし、みずから鋤鍬手にしても勉強専一といたされ候。学問は嫌いなればにも候えど、兄は遂いに此地を離れて修業というをせし事もなし、両三度用事ながら東京見物せしばかり、其地のさまなど更に委しゅう知るべきにも候わねど、そもじは女子のことなり、身一つ都に出で居るなれば嘸かし物の不自由もあるべく、私には遠慮いたすやも知れ候わねば、貴母よりお心づけおつかわし下されとて蔭に廻りて其もじを労わる親切、かならず忘れなさるまじく候。これは度々申すことなれど若きもののならい、気のゆるみあらんを恐れてかくはくり返し申進じ候。春くれば鴈だに故郷をわすれ候わず、身に病いあらばしかじか告げこし候え。さあらずは猶さら母は其方の空のみながめて便り待くらすに候えば。かしこ。

同じ返事娘より

御文、涙にて拝し候。誠に申そうようなき御不沙汰、かくまで御案じいただき候を、事にまぎれて打すぎ居つるおこたりのほど、勿体なさおき処なく、その御申わけには候わねど、此ほどの事少し御聞き願上候。先月文さし上し頃よりかねても御耳に入れ候いし妙子と申され候仲よき人はげしき神経病になり候て、平常より肝もちにて候いしが、別きて人嫌いおびただしく、校長はじめ寄宿舎の人々、いずれも傍へ寄せ候わず、田舎より看病にとて参られし親類のかたがたさえ持あまされ候に、唯私とは平日のとおり話しもいたされ、心におもう事など包みなく申され候まま、私より人々に取次ぎてそれぞれ心ゆくよう介抱などいたし候なれば、しばしも枕をはなるる事はならず、又はなれ居候時に限り、かならず容体あやしく候まま、私は打たえ書物も手にし候わず、此人の事にかかりて一月過し申候。この前私、風邪よりつづきて熱になやみ候いし折、人は伝染る事もやと大かた避け居候中を、夜るひるわかず附きりに世話申くれ、自ら面やせてまで心配しくれ候真実、しかも其折試験中なりしに、私こと看病にかかずらいて一学期むなしゅうせしなど、取重ね恩ふかく候まま、此病いなおりぬべきまではと立添い居り、それ故の御不音に相成候こと立かえり恐れ入候。此人も追々と快く花ちりはてて世の人ごころ静まる頃にもならば、随て落つくべしと医者も申候。ゆめゆめ兄上の御こと、母様の御上、なおざりに暮し居つるならねば、何とぞ御ゆるし願いまつり候。御いましめはくり返し拝し候て又の御案じかけまじき心得、御兄上様にもよろしく御伝へ下され度候。私身にはつつがもなく例年よりは健かに候まま、これも御心安うおぼし召願い度、いつも申上候筈の此地の景況はうち絶え外にも出候わねば、随いて珍らしきもの見聞もし候わずされば、此次の折にこそと取あえず御詫のみに御座候。あらあら、かしこ。

麻疹にかかっても失聴するといった大変な時代だった。それにつけても心配なのは遠く離れて都で暮らす娘である。

一か月も手紙がとどこおることはないのに、三月三日付から四十日も来ない。「便りのないのはよい便り」ともいうけれど、親に心配をかけまいと病気でうなってるのに便りもよこさぬのではあるまいか、と母は心配する。それは心得ちがいというもの。

情がふかい、涙もろい、といったことは明治のころ人間の徳とされたが、平成の世ではみなクールになって、人にふみ込まぬのを〝やさしさ〟と心得る。それに比べこの手紙の母親など、なんと想像力が豊かで、娘のあれこれを思い測って気を揉んでいることだろう。電話もなかった頃、遠くてはいてもたってもいられまい。

四月というと季節の変わり目、体調をくずしたり、精神が不安定になる人が多い。俗に〝木の芽どき〟という。精神科の外来にも患者の数が増えるらしい。喘息、アトピー、最近では鼻水、涙目の花粉症とくる。そのうえ、卒業、入学、入社など環境が変わることも多いから大変だ。

「草先草がれに気鬱の出る症」というのは明治時代からのことらしい。

「病気なら病気といってくれれば医療代を送るから十分養生するもよし、それでも快方に向わなければ、学業半ばに帰郷しても恥にはならない」と諭している。

どうやらこのお母さん、農家で早くご主人を亡くし、男女一人ずつを女手一つで育て、人に後指さされぬよう、人後に落ちぬよう、気を張って育ててきたようだ。〝後家のがんばり〟である。これはまさに、樋口家の母の境遇でもあった。

兄の方は学問嫌いでもあって、土地を離れずそのまま仕事につき、人が遊んでいるときも人を指図し、鋤鍬を手に働いている。学問好きの娘だけが、村で唯一人、東京に出て上の学校に入った。やさしい兄は自分からというと遠慮するだろうと、母さんからと金を言づけてくれる。その親切をわすれずがんばれというのである。

羽仁もと子は青森から雪山をそりで越え明治女学校に入った。野上弥生子は九州の臼杵（うすき）から船に乗って上京し同じく明治女学校に入った。二人とも、上京して女学校に入り、よき伴侶を得て偉大な仕事を残した。しかし村を出て東京の女学校に進むなどは例外中の例外である。女子を東京の学校にやるのは田舎の人はみな嫌うことだった。中にはここにある榎の長者の娘のように東京での恋愛スキャンダルなどが村に伝わって、家族が笑いものになる例もあった。世間とはうるさいものである。

東京に生れ、向学心に燃える一葉はいかばかり上の学校に行きたかったであろう。萩の舎の仲間の伊東夏子は駿台英和女学校に、田辺花圃は東京高等女学校に通っていた。友人野々宮きく子と桃水の妹幸子は築地女学校の生徒であった。

「十二というとし、学校をやめけるが、そは母君の意見にて、女子にながく学問をさせなんは行々の為よろしからず、針仕事にても学ばせ、家事の見ならいなどさせんとして成き」（日記明治二十八年夏）。

しかし、学校に行かずとも、きわめて頭が良く、上野の東京図書館で読書に励んで古典の教養を得た一葉は晩年、わずか二十数歳で『源氏物語』を講義する。教わった安井哲子は東京女子高等師範生、野々宮きく子は築地女学校卒業。師と弟子の、この学歴の逆転現象が明治の闊達さである。

さて返事の方は、自分ではなく友人が神経病にかかり人嫌いになって手がつけられないので、自分が一か月ばかり介抱していたのだと母に無沙汰をわびている。それというのも、以前、風邪で熱を出したとき、その友人が付きっきりで看病してくれたからであった。「花ちりはてて世の人ごころ静まる頃」になれば友の容体も落ちつくだろう。こうした寮生活でのシスターフッドはのちに尾崎翠や吉屋信子が描くことになる。

夏の部

四ッ木吉野園花菖蒲の図（山本松谷画）

花菖蒲見に誘う文

胡蝶の夢のまだ覚ぬ間に、花は青葉に成り申候。あくがるる心も同じゅう、散りはてなばいと宜かるべきを、夫れのみ余波とどまりてきのうきょう暮し詫候いぬ。されば同じ心のたれかれ三四人あつまりて、明日の朝此宿より車もよおしたて堀切の花菖蒲見に行かんとに候を、御同意たまわらばいかに喜び候わん。思召のほど承り度、おなじゅうは最上川の稲舟ならずもがな、御返事はつ子規よりも待わたり候。かしこ。

同じ返事

承り候。御風流のおぼしめしたち、殊には誰れ様彼れ様御一処とや、嘸かし道すがらも面白き事おおく候わん。推はかりにも床しゅうて御供願いまし度を、ここもと今年はじめて養蚕という事こころみ候て、唯いささか慰みにと存じつるを思いのほか増殖候えば、昨日今日桑よ何よとあわただしゅう、不馴れの事ゆえ足を空にまどい申候。かえすがえす御残りおしき御事なれど、人に打まかせても立出がたく心のほかの御断申上候を、さるかたに御見ゆるし給わり度候。家もちなればさもあるべき事など、御かたがたの後言わびしく候。かしこ。

なんと美しい書き出しの文。桜はすっかり散って青葉になり、花蝶となって花の間をさまよう夢もさめぬうち、心ばかりが残ってきのう今日にあこがれる気持の方も同じようにしぼめば楽ですが、車を仕立て堀切の菖蒲を見に行こうと思うけれどいかが。同じ気持のお友達を誘ってあした、とそわそわしておりました。「胡蝶」は『源氏物語』の巻の名であり、花を見る人を蝶にたとえるのは「花のかげを我がものにしてみありくほど、まこと胡蝶に身をかえたらん心地ぞする」(日記・明治二十四年四月十一日）に見られる。そして一葉は病床で、私が死んだら皆様の前後を蝶となってお袖にまつわりましょう、と「文学界」同人に告げている。

陽気がよく、花も咲いていると思えば、家事や子どもの世話に追われていても、あぁ、自然をたっぷり楽しみたいなあ、とおもうのは人の世の常だろう。

だけれど日常はそう遊ぶことを許してくれなくて、「桜は終わり、菖蒲の頃となってしまった、お返事をはつ子規（ほととぎす）の声を聞くよりも首を長くして待っているわ」という女友達への手紙である。

風流で心もちふわふわした友人にくらべ、誘われた方はまじめで堅実。誰彼とご一緒と聞けばさぞかし楽しいことと思い御一緒にうかがいたいのですが、私こと、今年、養蚕に手を染め、実験的にと始めたのに思ったより増えまして、いまちょうど蚕のエサの桑だ何だと大さわぎ。不馴れで足が宙に舞うように浮足立っております。返す返す残念ですが、人まかせにもできないので今回は失礼させて頂きます。

これだから家庭の主婦ってなかなか出られないんですよね、などと愚痴をいって見せているが、なあに、この人、初めての養蚕が面白くてたまらない、花見どころじゃないのかもしれない。たしかに物見遊山だの花見だのという消費的娯楽より、モノをつくり育てる喜びは替えがたい。

堀切の菖蒲園はいまも京成の同名の駅から歩いて十分ばかりのところにある。ということは、そこに遊山に行ける距離に住む人が養蚕もやっていたことになる。東京は農村とすぐつながっていた。菖蒲は室町時代に地頭が植えてからの名物。明治のこころ、小高園、堀切園、武蔵屋、観花園などという菖蒲の園が開かれてにぎわった。

明治二十六年三月十七日　田中みの子宛

ようよう少し春めき参り候。鶯のたよりにつけて、うめ見などの御催しも入らせられ候哉。その後は何方にも御不沙汰のみ申上居、ここに斗は春のけしきも遠き様にて、はかなき籠居にこころをくるしめて三尺の壁をにらみ、ついに日を送るはわが身ながらあきれたる境界に御座候。此ほどより手をつけそめしもの、先はいそぐ、あとはつかえる、さりとて中途でやめるわけにも参らず、この所とんと困り入り、何かまごまごといたして、十九日の御発会までにはかならず筆をおく心組成しを、例の遅筆の上にいろいろこみ入りたる事ありて延々になり、此四五日はどうしても手ばなすことの出来ぬ様な始末にて、御発会に御手伝いの出来ぬはかえすがえす残りおしく、又おぼし召のほども如何なれど、右の次第あしからず御くみ取り、百罪御ゆるし給わり度、御詫は御めもじのふし万々可申上、あまり身勝手ながら、のがれ難き事情にしばられての事と御推はかり願上候。末ながら先生にも伊東君にも御不沙汰のみ申上居候間、しかるべき様御申なし願上候。先はかしこ。

田中様

三月十七日　なつ子

これは春のことだが、一葉自身が田中みの子の主宰する梅の舎の発会式によんどころない事情で出られない旨を伝えた手紙。このころ、一葉は金港堂の「都の花」に頼まれた作品の執筆に終日、机の前でがんばっていた。「三尺の壁をにらみ」とか、「先はいそぐ、あとはつかえる、さりとて中途でやめるわけにも参らず、この所とんと困り入り」などのリズムのある表現は一葉ならではのもの。仕事第一に生きる張りがみられ、むしろ男性的な手紙である。

新茶を人におくる文

西が原別荘の茶園、このごろ人やとい入れ候て製造にかからせ申候処、今日はじめて少しばかり出来まいり候。まことは御一煎じほどなれど、御風味下さらばかたじけなくと奉存候。かしこは遅れて咲し躑躅の色など、見すてがとう近き麦畠の黄みわたれるも其事となく一景色候まま、茶つみが唄のおかしきをも聞しめしがてら、一日御遊びにお出下されまじきや。私は此ほど絶えず行かよい居候。かしこ。

同じ返事

御珍らかなるを先賜わりたるかたじけなさ、急ぎ火桶に炭さし添え申候。いつも申ことなれど好き御場所もたせ給う御うらやましさ、いかばかり御楽しみにいらせられ候わんかと推はかられ候。其茶つみの唄つつじの色いといとゆかしゅう存じられ候に、此頃かならず御あと追い申べく候。この羊羹、折から貰い合わせしを御紙代りに御座候。かしこ。

西ヶ原というのは本郷台の尾根づたい、王子に出る辺り、滝野川区滝野川町のことでいまは北区の内。その先に音無川渓谷があり、巣鴨、染井につづく植木の里で、園芸場があったり、貴顕の別荘があった。明治三十七年ころ山田美妙が住み、また脳を病んだ二葉亭四迷も住んだことがあるそうで、都心に近いわりには幽邃な環境であった。

この台地上で茶畑をつくるのは、珍しいことではない。江戸時代、台地上の風通しと風景のよい土地はおおむね大名や旗本などの武家屋敷が占めていたが、幕藩体制の崩壊、すなわち明治維新によってそれらの屋敷は手放され、多くの武士はいったん国元に帰り、町は閑散として物騒、邸内は荒れるがままだった。

そこで明治二年、東京府知事大木喬任は、旧武家地のうち三百万坪に桑と茶を植える政策を打ち出した。それ以外の作付は禁止し、開墾希望者は予定地の絵図を提出しさえすれば、千坪あたり二十円くらいでの払い下げ、あるいは貸し下げを受けることができたという。

たしかに米や麦の作付はむずかしいし、なにせ茶と生糸が幕末以来の貿易品なんだから、というわけで、明治六年までに目標の三分の一、約百二万五千坪が桑・茶園に変じたという。驚くべき〃ヘソ茶政策〃である。その中でも小石川、駒込、雑司が谷などは桑・茶畑の多くできた所で、一葉の住んでいたころの地図でも本郷、小石川の台地上の多くは畑となっている。とりわけ渋谷の松濤で出来る松濤茶は上質としてもてはやされたという。

それまでしても土地を買う人は少なく、貸与を申し出る者の方が多く、この政策はあまり成功せずに、明治四年に由利公正に知事が代わると早くも廃止されたのだが、桑畑茶畑はかなり後まで残った。平塚らいてうの自伝『元始、女性は太陽であった』を読んで驚いたことには、明治十九年生れのらいてう平塚明の本郷区駒込曙町の家では、六百坪ほどの家の庭に茶の木を植え、茶を摘み乾燥させ、自家製のお茶を飲んでいたというのである。彼女の父平塚定二郎は会計検査院の高級官僚。この曙町から西ヶ原までは尾根づたいに約二キロである。

新茶が出るのは立春から数えて八十八夜、すなわち新暦五月一、二日ごろ。いまでいえばゴールデンウィークのさなかである。

新茶をまずは一煎じばかりと届けながら、景色と茶つみ唄の風流を味わいにぜひお出で下さいと誘っている。

返事のほうは、さっそく頂いたお茶を点てる。「火桶に炭さし添え」の表現が具体的ですばらしい。よい所に別荘をお持ちでうらやましい、というのは一種の世辞だろうが、そういわれて誰も悪い気はしない。

茶つみの頃はつつじの盛りでもあり、躑躅はいかにもむずかしい字である。江戸第一の名所は西ヶ原にもほど近い駒込染井の植木屋、とりわけ伊藤伊兵衛の庭だった。

この人は明暦二（一六五六）年に薩摩の下り物のキリシマツツジをもとに交配によって見事なツツジをつくり出した。三代目は日本初の園芸書『花壇地錦抄』を著し、きりしま屋を名乗った。その花園は、「千草万花おほきが中につつじ霧島幾億株の限りなく、地に錦を布き空は花毎に五色の雲を見せたり」（『続江戸砂子』）というほどだった。いまは駒込駅のホームから見える土手に名残りをとどめる。ほかの名所といえば根津神社、日暮里花見寺、大久保など。

貰い物をすると決して空手では使いを帰さない。こういうとき一番よく用いられたのは半紙一帖であるが、この場合、「御紙代りに御座候」と羊羹一棹を持たせている。相手に気をつかわせないため、「貰い合わせ」つまり到来物であることも言い添えているのがゆかしい。

人の新盆に

またぬ月日のたつに早くて、今年もいつか苧がら売るこえを大路に聞くよう成申候。まどに釣たる提燈の薄青き色を見るにつけ、うら淋しき事おもい出られ候に、まして御わたりはと思いやられ申候。こぞの此頃はまだ御妹御様御やまいも出候わず、私屋後の蓮池にその花折にとおわしまし、浮葉の露の玉のようなるをさながら取らんと片手を岸の小松にかけ給い、御洋傘さしのべ給うはしに、御袂より紅のはんけちの洩いでて水にうかびし有様など唯今のように思わるるを、今年は門火に迎えられ給い御魂祭の棚の上にみそ萩のつゆ手向けられ給うらん御事、おもえども猶夢のように御坐候。多くもおわしまさで唯二人なる御仲あけくれに御睦ましゅう他処目うらやましきよういらせられしを、嘸かし御思い出ぐささまざまにて慰めがとういらせられ候わん。いとど御思いや増るとたゆたいながら有し余波の花一もと持たせ差出し候を、御備え下さらばかたじけなく、籠のうちの林檎は今朝はじめて木よりとりおろしたるに御坐候。同じゅう御覧に入れ度て。かしこ。

同じ返事

暮れ行空をながめ候て、天降り来んもののように恋しのび居候。折からようぞ思し召やらせ給い、仏の為にと数々の御備え物ありがたく、花も林檎も有しながらに拝見いたさせ候ならば、いか計喜び狂い候てこれは我身に賜わりたるなれば姉様には手も触れさせまいらせじなど我儘を申張り物あらそいも出来ぬべきに、何事も得言わで真菰の上に押据えられ香の烟にかすめるようなる写真のおもかげ、いとおしき事いう計なく、斯ばかりはかなき一生と知らば、六ずかしき叱言など言わでも事のすみたるにと返らぬ事を考えられ候。齢よりは若々しゅうて物のおもいやりなどかけても無き子に候いしまま、自ずと御友達の仲よきも少なく今日の祭りに思い出し給うようの人あるまじきを、斯く忘れがたきものに思しなさせ給うかたじけなさ、涕こぼれて御礼申上候。いずれ御まのあたりにと。かしこ。

井上ひさし作『頭痛肩こり樋口一葉』は何度見ても面白くかなしく、そして切ない芝居で「盆、盆、盆の十六日に地獄の地獄のふたが開く」という子どもたちの歌がいつまでも耳について離れない。この芝居のラストシーンでは、すでに亡き人の数に入った一葉の仏壇を、しっかりものの妹邦子が背負うのである。

ここでは逆に、友人の妹の新盆を慰める美しい手紙。昨年のいまごろはまだ妹さまも元気で、私の家の蓮池の花を折りに見えて、蓮の葉の上にたまった玉のしずくを取ろうと、片手を岸の小松にかけ、洋傘をのばしたとき袂から赤いハンカチがのぞいて水に映った様子など、ついいまし方のことのように思われます。「紅の絹」は、「たけくらべ」の美登利が信如にさし出す小道具でもあるが、ハンケチはこのころすでに普及していたらしい。一葉自身も恋しい半井桃水の前に出ると「ハンケチのみを、かしこき相手とまさぐり居たり」ともじもじしていた。

この手紙、いきいきとやんちゃな美貌の少女が思い浮ぶ。姉妹二人の人もうらやむ仲の良さ。しかし肺結核であろうか、当時は死病といわれたその菌が体をむしばみ、今年の夏にはもう御霊祭りの棚の上にいる。

それほど病勢は早かった。一葉にしても二十八年中はまだ元気で、二十九年の五月に『通俗書簡文』を脱稿して、そのころから床に伏しがちになり、その年の十一月末には火葬場の煙となってしまったのである。仇野（あだしの）の露、鳥辺野の煙、と古き都ではいうように、露や煙はどうも人の死と結びつけられる。

蓮の花は初夏に花を開き、上野・不忍池などが有名であった。

その蓮の葉にはにこ毛が一面に生え、その面を水は玉のようにころがってゆく。その露を集めて化粧水代りにすることも行なわれた。同時に蓮といえば御仏がおわします台（うてな）も連想するように、露と蓮がこれまたうら若き麗人の死を連想させる。

盆というのは盂蘭盆会（うらぼんえ）という行事で、各家が精霊棚をつくり、一家の亡き人の魂が帰ってくるという。ナスビの馬をはじめ何種類かの野菜を盛った籠を飾り、裏の路地で七月十三日の夕刻、苧殻（おがら）の迎え火を焚いたものである。戸口には盆提灯を飾り、十五日ごろ知り人のお墓に詣で、また十六日には送り火を焚いた。私のすむ谷中、根津あたりではいまも迎え火、送り火を欠かさない家が多いので、ちょうどそのころ、地域雑誌を配るときは、夕暮れ、路上の迎え火を避けて自転車を走らす。

そういえば、古い町並が再開発によって大規模公団住宅になった荒川区の汐入（南千住八丁目）という町では、迎え火の日は各マンションのベランダからもうもうと煙がたつという話を少しかなしく聞いた。住居の形式は変わっても人々の生活様式は変わらなかったのである。

盆踊りはこうした亡き人の魂迎えのための踊りであることを、オバQ音頭やドラえもん音頭に興ずるわが子どもたちは知っているだろうか。

中央区の佃では七月十三日から三日間、川に近い所に仏壇をこしらえ広場に白い櫓を組んで、佃の盆踊りが行なわれる。これは江戸の大火で川に逃げて死んだ人々、船の事故で溺死した人々の魂を安らかにするための供養の盆踊りで、念仏踊りふうのゆるやかな形式となっている。

七月十五日は中元ともいい、その翌日は年季奉公の小僧たちの公休日たる藪入りでもある。この日になると新しい仕着せを着せてもらった少年たちは未明に主家を出て実家に戻った。近隣への挨拶をすませ、先祖の墓にまいり、少しくつろいで夕飯を食べ、また主家に戻るのを常とした。

さて手紙に戻ると、妹をなくした姉の返事。「暮れ行空をながめ候て天降り来んもののように恋しのび居候」は和泉式部が亡き恋人帥宮（そちのみや）をしのんで歌った絶唱、

　つれづれと空ぞみらるる思ふ人あまくだりこん物ならなくに

を敷いている。いとしい人が空から降ってくるわけはない。はかない望みである。

　くろかみのみだれもしらずうちふせばまづかきやりし人ぞ恋しき

人を好きなときは胸にずんとくる歌ばかり多い和泉式部集のうた。一葉も愛唱したのではないだろうか。

ここは亡き妹である。生きていれば、あら、このお花もりんごも私が貰ったのよ、お姉ちゃん触わらないで、などとわがままをいいそうな妹。甘ったれで幼なくて、物事を考えない子のまま、逝ってしまった。仲のよい友だちも少なく、新盆といっても深く思い出して下さる方などないように思っておりましたのに、妹の面影をそんなに忘れがたく思って下さったとは涙がこぼれます。「いずれお目にかかって……」。しっとりして上品な結びである。

暑中見舞の文

今日は寒暖計九十度を越し申候、いかが御しのぎいらせられ候や。手洗の水も湯と沸き候て、草木の色も思いなしか枯れしぼめるようの御暑けさ、氷の柱たてたらばとのみ思いわたられ申候。御もと様には御広々とすまわせ給い、お天井さえ高くおわせば左のみは思しめすまじきか、御様子承り度、暑中御うかがいのしるしばかり葛素麺一重御覧に入れ候。最近の菓子屋に調えさせ候なれば出来などいかが候やらん、砂糖蜜一瓶さしそえ奉り候。折からの御暑さ、くれぐれも御いといのよう願わしく候。かしこ。

同じ返事

暑さ御見舞として好物の品給わり有がたく、幸に宅がたみなみな格別のさわりもなく、唯あつしあつしの申続け位に候間、乍憚様御安心下され度。いささか廻りは広きように候えど、西東をうけたる家のうち、朝夕とも随分ときびしきものに御座候。いずこにまれ御避暑のおぼしめしたちなどあらば御供仰つけられ度、御礼ながら右願置候。かしこ。

ひどく暑い様子が伝わってくる。

九十度というのは摂氏でなく華氏、すなわちファーレンハイトという人の考案した温度であり、水の氷点を三十二度とするので、セルシウス氏の考案した摂氏に直すと三十三度というところだろう。暑いに違いない。もっとも一葉日記二十五年八月十六日には「華氏寒暖計九十七度にのぼりぬ」とある。

手洗の水が湯と沸く、などというのは大げさな表現。熱病で末期の平清盛を水につけるとじゅっといってたちまち、水が湯になったという伝説と同じく、かなり誇張が利いている。水を打っても草木もしおたれ、氷の柱を立てれば、気化で少し涼しくなるかもしれない。明治二十九年では電気冷蔵庫はまだないし、大きな氷が家庭でたやすく手に入るとも思えない。

あとは気の持ちようである。兼好法師が「住いは夏を旨とすべし」といったように、できるだけ軒深く陽をさえぎり、風通しよく、天井高く、きちんと片付けてせいせいと住みなすこと。

東京の路地の小家でも、隅から隅まで磨きあげ、格子は光り、往来には水を打って涼しげによしずや藍の暖簾をかけた家が多かったが、近頃では路地の長屋ですらクーラーを入れて熱い排気熱を路地に吐き出している。クーラーを入れると共に、明けっ広げでからりとした人間関係、よしずや暖簾のかげのそこはかとない人の気配、気持のゆらぎ、そうしたものさえ失なわれてしまったと、谷中に住む路地の職人は語ってくれた。

食べ物飲み物の中でも、当時冷たいジュースやかき氷は望むべくもないから、夏はせめてのどごしのつるんとしたものを味わう。ここに出てくる葛そうめん、葛切り、くずもち、わらび餅、台湾産の愛玉子など、すべてこの種の食物だろう。井戸水で冷やせばさらなり、心なしか口中が冷んやりするではないか。これらには黒みつが一番である。

病床の見舞いを問われ、「五月の風をゼリーにして持ってきて」といった詩人立原道造は昭和十四年三月二十九日に二十四歳で亡くなっている。これは関係ないけれどこの手紙で思い出されたエピソード。

返事。好物ありがとう。幸い家中、みな元気、ただ暑い暑いをくり返すくらいのことでご安心下さい。いささか家の周囲は広く見えますが、東と西から陽を受け、朝夕とも暑さは厳しゅうございます。避暑に行かれることなどありましたらぜひお供を申しつけ下さいませ、御礼のついでにお願いまで。

暑中見舞は梅雨明けから立秋の八月七、八日ごろまでに出す。その後は残暑見舞と称する。

雷鳴はげしかりし後友におくる

ようよういき出たるようにて猶うちふるえつつ文したため候。先刻雨ぐも空をおおいて出し時は、きのうも空しゅう過ぎたりし夕立の今やかかると頼もしく、久しゅう照りつづきて寒暖計は百度にも近うならんとするを、引かえ涼しゅう成ぬべしとて窓によりつつ打ながめ居しが、冷たき風に木の葉さわぎてそやと雨戸くり出す間もなく、天の川をさかさまにせしようなる降出しさま、それはいと心地よく胸ひらくよう覚え居候いしかど、雨戸のひまよりきらめき入る電光の眼をいるよう成しに合せて轟き出たるかみなりのすさまじさ、常は気づよくほこり顔なる中働さえ桑原となえ出申候。まして両人の妹ども母の膝にすがりて泣さわぎしさま、家のうちにも鳴出しかと思わるるように御座候いし。三度目と五度目のは別けて恐ろしゅう、必らず近き辺に落雷の処あらんよう思われ候。今余波なく晴れあがりて日のかげさやかに松の梢をてらしつ、鳴出る蟬のこえなどすべて夢のさめたるように候えど、猶前の川を流るる水のおとあらましゅう聞えて、まだ涼しさを嬉しとも思われ申さず候。御前様はいつもいつも恐ろしき物のうち地震のつぎに数え居させ給うるなれば、嘸かし御驚き遊ばされ、御枕もとに香たき給い御蚊帳の中にかがまりおわしたりしや、思いやり参らするままに胸さわがれ申候。御脳などいかがいたせられ候わん、唯今の空のように余波なく成り給わば嬉しけれど、御有さま案じられ候まま、御見舞申上度、取あえず。かしこ。

同じ返事

御心にかけさせられ御尋ね下され有がたく、今さらながら例の心よわさ、子供とても斯ばかりなるはなき物をと、今日も兄どもに笑われ申候。初度の時は猶こころづよさをつくり居、人々まどいの中にありて折から茶などのみいし時に候まま、かれこれ取まかない居しに候えど、三度目のはげしかりし時は魂の身に添わぬようにて、有さまいか成しか身には覚えもなく候えど、奥の四畳半に蚊帳つり置しへかけこもり夜るのもの引着て、夫よりはすべて物もおぼえず候いし。今婢女どもの申すを聞候えば、顔のいろなどことごとくうせて此世のものとも思われぬよう成しよし、されども例の癖に候えば晴るるとやがてかわりたる心地もせず、此涼風はたとえがたなく嬉しく候。御礼ながら参上せばやと存じつれど、折から兄どもが御友達のかたがた御出にて勝手もと俄にいそがしゅう成候まま、女子どもの手伝いせではかなわず書中にての失礼御ゆるし下され度候。かかるさまに候まま必らず御案じ下されまじく、つとめて此くせ直さんと心がけ居候。かしこ。

これも名文の雷見舞。

寒暖計は華氏百度にも上り、摂氏でいえば三十数度。日照りつづきで雨も降らず、ひとしめりあれば涼しいだろうに、と窓の外を見やっていたら、冷たい風がひゅうっと吹いて木の葉がさわぐ。夕立だ。ざあっときて、雨戸をくり出す間もなく、その激しさはいっそ爽快。だけど雷光のピカッ、ゴロゴロドーンのすさまじさ、気の強い中働きまでくわばらくわばらと唱え、妹たちは母の膝にすがって泣き出した。映画の一シーンのようだ。

「地震、雷、火事、親父」という言葉はいつから流行ったかは知らぬが、まだこのころは避雷針もなかったろうし、いつも静かな町の明け暮れに、一天にわかにかき曇る雷の激しさ、生きた心地もしなかったにちがいない。

私が小学生の頃、学校から帰ると郷里の親戚のおばあさんが金歯で煙草をすいながら母と話していた。そこへ明るかった空が急にまっ暗になって雷鳴がとどろいたときの不思議な怖さをはっきりと思い出す。

「天の川をさかさまにしたような」というどしゃぶりの形容は面白い。一葉の日記を読むと「天の川の樋口切ったような」「屋の上打ぬくような雷雨」「盆を返したような」とか「車軸を流すごとき」など雨の激しさの表現が多彩である。

雷鳴が通りすぎたあとは、青空が見え、太陽は松の木陰をつくり、のどかな蝉の声はまるであの雷がうそのよう。といっても家の前の川は増水して音をたて、ホッとはできないのです、とまだ心おだやかでない。

雷にあたらない魔除けとして、香を焚き、蚊帳に入ることが行なわれた。

手紙をもらった友の方も雷嫌いである。今日こそは平然としていようと思ったのに、もう三度目の大きいのに見舞われて「魂が身体に添っていないように」感じ、四畳半の蚊帳の中へ逃げ込み、夜着をかぶってふるえていた、顔色なしである。でも終わってみると涼しくていいわね、と案外のんきなもの。兄の客があって勝手の手伝いをしなくてはならず、書中にて失礼と結びながら、雷嫌いのこのくせ直さなくちゃ、とユーモアを忘れない。

いずれも下働きのいる山の手のお嬢様同士のやりとりと思われ、兄の友人たちが遊びにくる話など、ゆとりのある中流家庭が目に見えるようである。

秋の部

百花園に七草を観る（寺崎広業画）

草花に添えて人のもとに

蛍おいしはきのうとおもうに、残る暑さもいつしか消え候て、朝夕の風まことに秋よとおぼえられ候。市中をはなれたる私宿は夏の暑さをさのみに存じ申さざりし代り、秋のつゆけさ増りぬべきこと、今より思いわたされて物さびしきように御座候。する事なしの手ずさびに萩桔梗おみなえしなど籬がきのうちにつくりて、いつしかと花まちいしに、此ごろぞ其いろようよう見えそめ候。萩は花すくなく女郎花はたけ高すぎなど、いずれ美くしき撰びにはもれ候わんなれど、流石に野そだちよとさるかたに御あわれみあらば、辱なく一枝ずつ手折さし上候。この尾花のほに出でて招く心もおしはかり給わば遠里小野にも候わぬを、虫の音ききにおわしまさずや。前の小川にさでさして魚とらゆる子などおかしきも候。かしこ。

同じ返事

軒より軒と立かさなりて大路にいでずば空だに見がたき下町の住居には、花屋が持参のそれよりほか秋の色をも見ることかたく候に、御手植の七草とりどりにうるわしきを惜しませ給わざりしかたじけなさ、直に花がめのうちに入れ候て独うれしがり居候。御住居のさまはかねがね承りおよび御うらやましさ限りもなく、私も上の娘に聟だに迎え候わば、其ようの閑静なる処へ別荘と申すほどのはむずかしゅう候わんなれど、少しは物など植られ得べき空地ある処をとつねづね願い居るに候えど、まだ世の役を尽し申さずうるさき事にて過し居候。御おおせなくとも一夜御厄介相ねがい、その虫の音も承りもうしきを、私みずからする事ならねど男あるじなければ店のものおのずからの手ぬかりなどもやと気のくばれ候て、墓参のほかつい外出も致し申さず、かたつぶりには猶おとり候を御笑い下さるべく候。さりながら此ほど中より娘縁ぐみのはなしあらあら調いしようにて、まだ内々の事に候えど是れだに引取らば子細なく出あるかるる身に相成候わん。やがて御五月蝿ほどあがるべきに御寄せ下され度、小女郎櫛いささか例の葭町のなれば似合しからぬ御移りなれど御覧に入れ候。かしこ。

蛍を追った夏も終わり、朝夕の風がはっきり感じが変わる。

手紙を出した人は郊外に住んでいるので、夏の暑さはそう感じなかったけれども、朝夕の草むらが露にしっとり濡れているのは何か物さびしい。しかし秋草の乱れ咲くのもいいもの。萩、桔梗、おみなえしなどを植えて楽しむ。野そだちの花々ですけれど一枝ずつ差しあげますという。尾花、すなわち薄の穂はいかにも手が人を招くみたいに風にゆれる。その心を感じとり下さって、そう遠くもないのですから、虫の音でも聞きに宅にいらっしゃいませんか、と誘っている。

虫聞きの会はいまも向島百花園などで行なわれているが、江戸のころは道灌山、飛鳥山あたりが有名だった。

「くさぐさの虫ありて、人まつ虫の鳴き出づれば、ふりいで、鳴く鈴虫に、馬追虫、轡虫のかしましきあり。各々その音いろを聞かんとて、袂すゞしき秋風の夕暮より人々ここに集れり」と『江戸名所花暦』に出ている。

子どものころ、崖下にあった家の風呂に入っていると、外でよくマツムシ、スズムシが鳴いたものだが、いまは夜店の売り物になり果てている。ときに子どもと谷中墓地に秋の夜長、懐中電灯をもって行ってみるが、詳しい人によると、カンタンの音が聞こえたのは昭和二十八年までだそうである。

返事。秋草の贈物がいかにうれしかったか、言葉を飾らずに述べている。ことに「軒より軒と立かさなりて大路にいでずば空だに見がたき下町の住居」というのは、心に迫る表現である。

ひしめく小家、長屋、路地。下町の人びとは、どうにかこの軒の低い、空の狭い町を出て、もっと広々とした郊外の庭付の家に住みたいと熱望する。この人も商家を経営しながら、娘に婿さえ来たら、不便でも静かな処へ越したいと念じている。ところが、もし成功して、谷底の町から這い上り、郊外あたりに住むとこんどは、あの暗い灰褐色の故郷の町、ひしめきあって生きていたその人情が恋しくてたまらなくなるらしい。家が建て込むことを「櫛比（しっぴ）」というがうまい表現だとおもう。

いただいた秋草を花がめに入れてうれしがっている。虫聞きのお誘いも受けたいが、この人、女手一つで店を切り回し、子育てもしているようである。店の者まかせにして手ぬかりがあってはと、墓参のほかは外出できない身の上である。昔の商家の女たちはだれもこのように店にしばりつけられていた。どこかへ行くなら店ごとかついで行かなくちゃ。かたつむりよりひどい暮らし、とはよくいったものである。

このたびまだ内々ですが、娘に縁組の話があり決まりそうなので、この子さえ婿を取れば肩の重荷も下り、そのうちあなたがうるさがるくらいお邪魔しますわ、と秋草の返礼に葭町の小女郎櫛を持たせている。葭町は芳町とも書き、日本橋に近く遊里（元葭原）があってのちに猿若三座ができた。明治になって花柳界となり川上貞奴などは葭町芸者としてならした。つまり都よりの粋なお土産というわけである。

野分見舞の文

昨夜の大あらしいかが御障りもいらせられず候や。漸く雲おさまり日かげさし出るを見候て少し胸しずまる心地に御座候。さてさて近頃におぼえぬ大あれに候いしかな、手前かた屋後に有し栗の木二本は根をさかにして仆れ申候。今少しにて離れの屋根におぃかかりぬべきをのがれしは幸に候いし、風筋はいかなるにて候いしか、唯西より北より南より吹まわすかと思うようにて家のうちは舟にあると同じように候いし。さりながら私かたは平家のうえに地処も低く候えばさしての障りなきに候えど、貴方様は御高台の御二階作りいかに当て候いけん。塀垣などの御損処もいらせられずやあやぶみ思われ候まま御うかがい申上度、何も書きみだりて。かしこ。

同じ返事

早速御人にて御たずねいただき有がたく、仰せの通昨夜は生たる心地もし候わず。戸障子のきしむ音は塀垣のたおるるひびきに合いて、屋根も柱も引ぬき持てゆかるる事と覚悟きわめ申候いき。折からあるじは昨日の土曜よりかけて一夜の旅に近郷の秋をさぐりにと出で申、留守は老人と女子ばかりゆえ、いかがせましと遂いに覚えぬ恐ろしき心地いたされ候いしが、追々出入のもの集りくれ家には支えをし屋根に物おきなど甲斐々々しく致しくれ候まま、それに少し心づよく成て暁がたよりは物おぼゆるよう相成候。今朝見候えば仆れしは廻りの塀と垣ばかりにて、門前の長屋もうらの物おきも破損と申ほどの処なく、さては驚きのかたおびただしかりしかと笑われ申候。御宅の栗の木も折れ候いし由、お惜しき事あそばされ候。私かた柿の実ことごとく落候て中には疵つきしも多ければ、少しも満足なるをと撰りて御子様がた御慰みにさし上候。くれぐれ御同様に事なく済みつるは何よりに御座候。旦那様にも宜しゅう御礼願度、こなた良人こと大自慢にてことし花咲き候わば御夫婦様御入りを願わんとお約束しおきし菊畠、折れたる木どもの下に成りて浅ましゅう成り申候。これのみ残りおしく、帰り候わば誰れに罪をや負せ候わん。かしこ。

これも一気に読めるなだらかな名文である。昔は巻紙に毛筆で文をしたためたので、右手で巻紙のはしを引き、左の手はたたまれた文をどんどん開けながら目をたてに走らせていく。読み返しにくいので内容がすぐさま頭に入らなければいけない。これは一読、簡明に心に落ちる。

昨夜の大あらし、大丈夫でしたか。やっと雲が消え日がさしはじめて胸がしずまったけれど、本当にすごい大荒れでしたね。うちでは裏の栗の木が根こそぎに倒れて、すんでのところで離れの屋根を直撃するところ、うまくはずれたのは幸いでした。

「風筋」ということばもいいし、西、北、南より「吹き回す」、要するにめちゃくちゃに吹き荒れる感じもうまい表現で、家はさながら波間の小舟。あっちにゆれ、こっちにゆれ。でもわが家は窪地の平家だからまだしも、そちらは高台の二階家だから大変だったでしょう。塀や垣は傷みはしませんでしたか。とにかく心配で心配で乱筆のまま、という手紙。

明治のころ二階建てはそう多くなかった。軒の低い小家の中に遊廓、料亭でもないのに二階建てが立つと、見晴しが良いと自慢したものらしい。一葉も隅田川の桜見物に招かれた友の家が三階建てだった、その壮麗な様子に驚いて日記に記している。

返事。昨夜は本当に生きた心地もしませんでした。屋根も柱も引抜き持っていかれる覚悟とは迫真性がある。ちょうど亭主は留守、老人と女ばかりで心弱かったが、出入りの人が駆けつけて家に支えをし、屋根瓦が飛ばないようにおさえたりしてくれて人心地がつきました。

高台の二階家で門前に長屋があり、裏に物置きもあるとすれば、かなりの御大家と知れる。おそらく長屋は家作で、店子は大家の家第一と飛んで来ただろう。大家といえば親も同然、という江戸の名残りがまだあって、大家と店子は単に家賃が介在する経済的関係以上のものがあった。大嵐のあとだというのに、落ちた柿の実の傷のないものを持たせてやる、など余裕がうかがえる。

ただ、亭主大自慢の菊畠、今年こそ花が咲いたらお招きしようと思ったのに、折れ木の下で浅ましいまでに乱れ折れたのはくやしく、夫が帰ったら誰に罪を負わせましょう、という表現が機知に富む。

野分（のわき）は台風の古いい方である。立春から二百十日、二百二十日、すなわち九月に入ってよく到来した。菊も長月（九月）の景物だから、もう少しで花開く、というところだったであろう。

野分といえば、『源氏物語』の野分の帖（じょう）を思い出さずにはいられない。源氏の息夕霧が、野分の朝、義理の母紫上の庭の様子をのぞく。萩、紫苑、女郎花、撫子が折れ、風に吹きちらされる中に微笑む美しい女人たち。もちろん一葉もそれを思いながらこの文を練ったであろう。

人の家に菊植たりけるを聞て

惜しませたもう香りなりとも風のもて来候をいかがはせん、今日まで其花つくらせ給うとも承らぬ恨みは置て、此朝のほど私かた庭木の手入れさするとて呼寄せ候植木やの男、はからず菊のはなしし出し候処、その者御出入する何がしさま御邸にめずらしゅう大輪の菊つくり出給いて、我々その道のものさえおどろくばかりの御仕たてざま、斯るはいまだ見しこともなくなど、取はやし申候を聞くともなく聞居候いしに、御庭園のさまなど唯御もと様をさながらに覚え、これ試にもし其御やしきは何がし様ならずやと問いしに、さにて候とていよいよ御花の美事なるさま語りつづけ候。かく知らぬ人なく取はやすを、いままで見にことよとも仰せのなきを、高くすぐれし趣きを知るものならずと思し召ありてにや、花のもとには駒だにいさみ申候。せめては下露に千とせの齢いものばし度、おしたちたる御願い申上候。かしこ。

同じ返事

ようぞ仰せつかわされ花の面目とかたじけなく候。うわさは次第に大きく成り候もの、御覧じたらば御驚きや遊ばされん。塵塚のようなる裏庭へ、心ばかりの手などやりて、少し曲るをとどめたるほどのものに候。御取なしのかた美事に過ぎ候て今さらほこり顔に御出まし願わんも恥かしく候えど、我が子ほめられたる親ごころと同じゅう、いささか自慢も申上度に候。菊見の宴などことごとしゅうは申まじ、唯このごろ新築出来あがりしはなれの茶室に粗茶めしあがらんの思し召にて御運びあらば、いかばかりいかばかり嬉しがり候わん。今日まで申さざりしは我が怠りならで、さしひかえの過ぎたるに候。さらば明日の午後よりと待奉り候。かしこ。

その昔、九月九日を重陽の節句といった。菊は形のあでやかさに、清冽な香りをもち、天皇家の紋章から、歌舞伎の役者の名から、彼岸の仏壇花まで広く用いられている。また菊には毒消しの作用があって、菊の露にしめらせた綿で顔を拭う菊綿、菊なますは体によく、菊酒、菊枕は不老長寿まじないとされている。

書き出しが見事である。大事にしている菊の香が風に乗り、いずくへか漂い出すのをさえあなたは惜しんでらっしゃいましょう、となぞをかけるのである。菊を丹精なさっていること、今日まで教えて下さらない恨みはさておき、ちゃあんとお出入りの植木屋から聞きましたよ。お邸にはめずらしい大輪の菊を育て、専門家も驚く、いままでないようなそれは見事な菊だそうですね。見にいらっしゃいとのお誘いもないのは私のことを、その風趣、その価値が分からないとお思いなのね。桜の花のもとに馬をつなぐと、興奮して暴れ、花を散らすというけれど、せめて私も菊のかぐわしい露で、いのちの延びるような思いがしたいわ、厚かましいお願いですけれど。

ここでも菊と長寿は結びつけられている。

多少のやきもちやうらみごとが混るのも手紙の趣きを深くする。

返事もさりげなく見事。

よくぞおっしゃって下さいました。花そのものも面目をほどこしたというべきね。でも評判ばかり大きくなって、ごらんになったらがっかりするかもしれなくてよ、だってゴミ捨て場みたいな裏庭にほんの少し手をかけてこしらえた菊ですもの。いまさら自慢げにお招きもしかねるから、菊見の宴なんてしゃっちょこばらずに、できたばかりの離れで粗茶一服はいかが。来て下さったらうれしいわ。今日まで黙っていたのは怠慢じゃなくて、大した菊じゃなし、あなたもお忙しいのを知ってるし、遠慮が過ぎたと思って下さいませ。では、明日の午後、お待ちしてます、かしこ。

気のおけない友だち同士の少しゲームのような手紙である。

一葉の住んだ本郷菊坂もその昔は菊畑であった。江戸が広がると本郷辺の菊は、岩槻街道ぞいに駒込、巣鴨、染井、滝野川へと北進し、そのあたりの菊作りの植木屋が、細工菊をつくり出した。最初は富士山とか月見西行といった簡単な景物だったのがエスカレートして、人気役者の顔を人形師に作らせ、色とりどりの菊を衣裳に仕立てた。いわゆる菊人形がはじまり、安政のころ千駄木団子坂に進出、江戸の秋の名物と謳われた。『通俗書簡文』の出た明治二十九年は、団子坂菊人形の最盛期であり、日記によれば前年秋、一葉も母妹と三人で見物している。

紅葉見に誘う文

今日はいとのどかなる空の色に候。よもや時雨もかかるまじく、去歳のように途中より引かえす憂いはあるまじとおぼえられ候まま、只今より滝野川の紅葉見に参り度御誘い申上候。一昨日の日曜に従兄弟の子の参りし時、はや十分の紅いと申候いしを、今日はたさのみに人も多からで、水にうつれるおもぶきなど静かにもてはやす事かなうべくと存じ候。御支度も何も遊ばさで御平常姿そのままに願わしゅう、ことごとしく人目にたたんは詫しかるべきに、御侍女一人御つれ遊し、御軽やかにと申進じ候。馴れさせ給わぬ徒歩よりして車はとびとびもおかしかるべく御心次第、かえりは王子より汽車にてもと存じ候。御うかがいまで。かしこ。

同じ返事

御返事はしり書して奉り候。いとよき御誘いにいかで洩れ候わんや、とびとびの車いといとおかしゅう、道しらぬどち畠中などを迷い候わんこと、去年おもい出でて一人えみせられ候。あの枝どもの短冊おかしとやいわん、妙なりとやいわん、見馴れぬ文字のおおく見え候いしを、今年は書とめ帰るべき筆ようのもの必らず持たせ参るべく候。さながら出よとの給いしに湯をもつかい候わで、今唯今参るべく、髪は一昨日ゆいたるがいささか打みだれ候を、人のかきあげくれんとするを其ほどいかにと待たせ給わんも心ぐるしく、御うけばかりを申上候。御使かえり参らんほどに此方も参上致すべく候。かしこ。

菊の次は紅葉、いまのように展覧会もテレビも映画館も、ディスコ、カラオケもないころ、四季折々の花や樹を賞でることは行楽の中心であった。はるかに季節を深く受けとめた毎日だったと思う。

これは滝野川の紅葉を見にゆく誘いである。ここはまず一番の紅葉の名所。石神井川の末、その名も美しき音無川の流れ清らかにして、曲がある。滝河山金剛寺、通称紅葉寺の裏、川に面した崖の上には岩屋の弁財天があった。

昨年は突然、時雨にあって途中から引き返したけれど、どうやら今日はのどかな空の色。すでにおととい親戚のものが先乗りして「十分の紅い」とのことですから、今日は平日で人も少なく紅葉の川面に映る趣きなど静かに楽しみましょう、と誘っている。

これはかなり大家のお内儀同士かと推し測られる。本当なら何人もお供を連れてゆく所、人目にたたぬよう一人ばかり連れ、よそ行きで目立つよりふだん着にやつして参りましょうというのである。子が育ち、夫に先立たれてようやく、女は外出の自由がきいた。お馴れでないでしょうけれど徒歩もまた一つの風流、でも疲れたら所々人力車を頼んだり、帰りは王子から汽車でも万事お心次第。モノ書きの楽しいところはこんな夢の生活をわが事のように書けるところ。

上野から一番北の岡の山裾を切って線路が北にのびたのは明治十六年、上野駅の開業もまた同じ年である。田端、中里、王子、赤羽、滝野川まで歩いてゆくとすると、この人たちは本郷の尾根づたいに住んでいたのだろうか。

これもまた急ぎの誘いである。

返事はちょっとあわただしい。その場で書いて使いの者に持たせて返し、私も追っつけ参ります、という。急なお誘いなので、身も清めず、髪はおととい結ったのが乱れているので、それだけ人にかきあげて貰い、そのまま行くという。当時はガスや電気があるわけでなし、湯一つわかすのでも小半刻遅れるのである。

ただ、昨年、紅葉の枝に結んであった風流の和歌、俳句、今年は書き留めるべき筆を忘れないでまいりますからね、とはや心は滝野川に飛ぶ。

返事の走り書きで連想するのは、一葉がじつに字を書くのが早く、しかも手跡が流麗だったことである。斎藤緑雨が使いに託した長文の手紙をその場で読んで返してくれといったとき、一葉はさらさらと書き写し、何くわぬ顔で待たせてあった使いに渡したという話がある。

冬の部

年の暮（山本松谷画）

かりたる傘を時雨ののちかえす文

つねづね御無沙汰のみ申居り、我ままの願いには時にもかかわらず御面倒申入れ、吾れながら恥かしく存じ候。まことに昨日のしぐれは身の罪おもいしれよとの神業とおぼえられ候。秋の末転宅の祝いおおせ下されし其御礼に御礼にとおもいながら得もあがり候わで今更申わけなけれど、御近辺の植木屋が庭に残れる菊の今さかりなるがあるよし、申伝えし人の候いしかば引移り、そのほかにて遂い団子坂へも行申さず、残りおしき事に存じ居しを幸いの事と思いたちしに御座候。家を出る頃は何の雨気もなき空の色にて候いしかば、洋傘をも持たで立出し所、俄に彼のようの降に成り、御閾の高きも何も顧られず、暫時の雨やどりをと御軒先おたのみに子供引つれ御面倒相ねがいしに、折柄御食事中にて御馳走をさえ給わり候こと、いよいよ恐入候。拝借の傘、人して返上いたし候、御受取下され度。御宅のもしあのあたりに在らせ給わずば、車だに多くは行かよわぬ野辺にて、親子どももぬれ鼠の見ぐるしきさま致すべかりしを、御蔭様にての大助かり、万々御礼申上候。到来あわせの玉子一折、御笑納下さらば辱く候。かしこ。

同じ返事

まれまれの御外出に折あしかりし事にて、御残念さこそと推量り申候。さりながら花に嵐は世のならいに御座候。憎くは思し召給うな。引かえ私宿にては彼の雨故こそ御入たまわりし事と嬉しく嬉しく、好き日めかして御浮かれ心もよおしたて、又も昨日のようの事あれかしと願い居り候。御志はたがえりとも御入だに給わらば、何のかわる事か候わん。私は其様におもいて時雨は俄にたのもしく成り申候。さても態々御使にて傘かえし給わりし御義理がたさよ、夫には及び候わぬよし申つるに却りて恐れ入候。殊には御美事の一折、何よりの品と辱く御入給わりしだに、此方は浅からぬお恵みと存じ居候もの、取かさね御礼申上候。何もあらあらを、かしこ。

よくもこのようなドラマティックな場面を考えつくものである。

手紙の主は秋の末に引越をして、その時祝いをもらった知人に、その礼を言わなくてはと思いながら取り紛れて挨拶にも行けずそのうち冬になってしまった。引越などで団子坂の菊人形へも行かれなかったのを心残りに思っておりましたところ、お近くの植木屋の庭の残菊の見事さを人づてに聞いてふっとその気になり、菊を見がてら帰りに御礼に寄ろうと出かけてみたが、家を出たときには思いもかけなかったにわか雨となる。結局お礼どころか雨宿り、さらに子連れで夕飯までごちそうになり、恐縮しごくでございます、というところ。

現在のようにバスや地下鉄もなく、舗装もしていない泥濘の都東京で、雨の外出は大変だった。一葉も「雨傘というもの一ツもなければ、小さやかなる洋傘にしのぎ行く。雨はただ、いる様にふるに、いと高き下駄の爪皮もなきをはきて汚泥なる道を行くに困難なることおびただし」（日記・明治二十五年三月二十四日）といっている。

人間はしょうもないもので、いつもはご無沙汰ばかりしながら、突然思いつきでお邪魔する。身勝手に用のあるときだけ参上する。急な冬の雨は、そんな身勝手さへの罰に神様が降らせたとしか思えない。

わが身が振り返られる手紙である。私は本を多く頂くがそのお礼の葉書がなかなか書けない。届いてすぐならば「只今ご高著拝受、心して読ませて頂きます」の一言ですむものが、一週間、十日と経つと、「心して」ではすまなくなる。何か感想を書かなければ、と仕事の合間に斜め読みすれど頭に入らず、結局出さずじまいになったりする。本一冊を出す苦労は骨身にしみているので申しわけないと思い、次に顔が合わせにくい。

その点、この手紙には学ぶべき所が多い。率直に、誠意をこめて説明し、あやまることである。「御礼に御礼に」とくり返すところ、ずっと気にかかりせき立てられていた様子が伝わってくる。天気なれば御礼に寄りました、ですむところが、にわか雨では廁を借りる目的で寄ったことになる。その思いとちがった、ちぐはぐさ。でももしお宅があの辺になかったら、人力車すら多くは通わぬ野辺で、親子ともども濡れ鼠となったはず。

ご笑覧、ご笑納といった言いまわしも私は気に入っている。つまらないものですが、というへり下ったいい方にはちがいないが、笑の字にユーモアがあるからである。そういえば明治二十九年、卵は滋養ある貴重品、スーパーで十個一ケース百五十円で買える品物でなく、立派な経木の箱に麗々しく納まっていたはずである。

一方、またなんと相手の心を軽く、うれしくさせるような返事か。人の意のある所を汲む、すなわちやさしさである。

お久しぶりの外出というのにあの雨ではさぞかし残念でしたろうね。だけれど花に嵐はつきものですもの、私の家では時雨があったからこそ来て下さる機会を得たと大喜び、また昨日のような事がないかなあと思っております。たしかに最初のご計画とは違った結末になったかもしれないけれど、来て下さったことに変わりはない、それでよいではありませんか。傘はそのままお使い下さいと申し上げたのに義理がたいことで、その上、玉子まで頂いては重ね重ね恐縮です。

三重四重にみごとな気の遣いぶり、これが自然に出来るのはうらやましい限りだ。

冬のはじめ仕立物の手伝いをたのむ文

俄にしもあらぬ御寒さなれど、思いもうけぬように驚かれ候。かねて知らせ給う如く家内多にて働く人は少なきに候えば、平常その心得なくては叶わぬを、夏の暑さには昼寝がちに、暮れば納涼するとて端居がちに夜を更しなど、洗いかえしも十分には出来申さず、涼風少したつように成りては心地かろく気のさわやかなるとて、人の誘うがまま七草よ菊見よと埒もなく日を暮せし事など候えば、昨日今日多くの人々に同じゅう着せねばならぬに候を、胴着の襟の直りしは、上着の袖口見ぐるしく、襦袢の袖よ、裾なおしと浅ましき体に御座候。平常のだけはようよう間に合せ候えど、表向きなる物何分手廻り申さで困入候。いかにも意久地なきこと御恥かしく候えど、御心安きままの御願い、羽織三つ重ね物二組ほどお稽古に参られ候御子達の中にて御縫わせ下さるまじきや。誠に粗末の品に候えばかならずかならず御叮嚀に及ばず、御みづからにては却りて心ぐるしく候。御ゆるし下され候わば持たせさし出すべく、御願いまで。かしこ。

同じ返事

承り候。さぞかしさぞかし御縫物には御追れの事なるべく、御老人様の御世話よりはじめ御子たちも少なからずいらせられ候えば、夫れは御道理に御座候。その御中いつもいつも御間に合せ、お奇麗に遊ばしおかれ候を、此宿の若きものみな驚きおもい居るに候。おおせの事、稽古に参り候娘たち聞候わば大よろこびに御引うけいたし候わんなれど、私も隠居仕事のいたしかたなく、母屋のものは大かた縫終りて余る手あきに困り居候折ゆえ、御さしつかえなくは私拝借いたし度、三つ五つのみならず幾らも御出し下され度、御遠慮なく御はり返しなり何なり御つかわし下さるべく、御心安き御仲とりわけての御心配御無用に御座候。御返事のみ。かしこ。

季節はなにも、花鳥風月のみによって知られるものではない。とくに家政を司どる者にとっては、その季節を迎えるための準備がある。その仕事の中身に季節を感じる。私の生まれた家では蚊帳をしまい、夏服をしまうと次は冬がけ布団の綿の打ち直しだった。ふかふかにふくらんだ綿をうすくのばしてまとめ、布団の側（かわ）にくるんでくけ、ところどころを止める。別の日は一冬のうちに小さくなったセーターをほどいて、そのラーメンのようにちぢれた毛糸をやかんの口の湯気でのばす。なかなか楽しい女子どもの時間である。

「大人数の家族であれば、平常次の季節を心がけねばならないのに、つい夏は昼寝と納涼に夜を更し、秋になれば七草よ菊見よとついつい遊びくらし、冬物の準備に手が足りなくなってしまいました」

わかるなア、その気持。「明日ありと思ふ心の仇桜夜半に嵐の吹かぬものかは」（親鸞）である。

どうにかふだん着は間にあわせていますが、よそ行きまでは手が回りかねるので、針のお稽古中のお嬢様のうち、羽織三つ、重ね物二組ほど縫い直しをお願いできないか。上等の物でもないので丁寧にするには及ばず、ご自身の手を借りては心ぐるしいのですが何卒（なにとぞ）。

着物は平面である。だからほどいて洗い張りをしてまた縫い直すことがたやすい。個別のデザインというものはなく、どれも同じ直線縫いで構成される。一番汚れが目立つのは衿、またすり切れやすいのは袖口と裾。

私の家の裏に通称〝洗い張りのおばあさん〟がいて、細い路地の大谷石の塀のきわに長く伸子張りの着物を干して、タスキ姿で糊づけしていたのを思い出す。その家は平家で狭く、体がかじかんだ小さなおばあさんは、背を丸めてくけ台のそばで乾いたきれを縫っていた。

この返事も感動的である。お宅には老人がいて子だくさんで、手が回らないのも無理はない、との事情が明らかにされる。それなのにいつも家の中はきれいに片付けられ、衣類の手入れにも粗漏がないと、いつも娘たちも驚いている。七草よ、菊見よは謙遜にすぎないのだろう、と返事の方をよむとわかる。

娘たちも喜んでお引き受けすると思うけれど、私も離れ座敷の隠居仕事、あらかた家のものは縫い終わったので、三つや五つどころか、いくらでも遠慮なく持ち込んで下さい。

心安い仲ならば、このような無料奉仕が、縫い物の練習を兼ねて行なわれたであろう。まさに相互扶助が生きているのである。

一葉自身、師中島歌子のための縫い物は無料奉仕も多かったろう。しかし妹邦子とともに励んだのはそうした共同体が壊れはじめた東京での、賃仕事としての縫い物であった。「頼まれたる針仕事遅くまでする」といった記述が日記にみえる。明治二十五年正月、邦子は元日より裁縫、一葉は三日より年始着の三つ揃えにかかり、「ひねもす裁縫」「この夜もおなじく三時まで裁縫」の記述が日記につづいた。

雪の日人のもとに

此朝ぼらけはようよう沓のはなかくるる計に候いしを、時の間に松の雪一づりおもげに見ゆるよう相成申候。夜にかけてさえ降候わばしるしの棹とやもてさわぐべき。日頃待ちつるかいあるようにて、宿の小犬のかけめぐるを見るも心うれしく存じられ候。ここもと所せき庭のうちだにあるを、見わたし広くいらせられ候御二階の景色いかが候わん、おしはかりにも御うらやましく候。今日は折よく日曜にも候えば、旦那さま御務めのお出ましもなく、やがて盃もて出で給いて御子息さまがた御膝もとに集え給い、世にあたたけき雪見の宴御もよおしにもや、思えば御子多きは幸おおきに御座候。ここもと良人も雪を友にと独酌の淋しきようにてはじめ候処へ、根岸の知人より笹の雪もたせおこし候。これを一人たべんも甲斐なきようなれば、御わたりへ御裾分いたしませよとのこと、余りわずかにて御箸ぬらしに過ぎ候わねど、御さかなの数にも加わり候わばかたじけなかるべく、良人こと例のりうまちすにさえ障り候わねば、斯る折すぐさず必らず御邪魔に出づべきをえも伺われぬ残念さ取そえ申上よとに候。俳句二つ三つ御座候をやがて御覧に備うべければ、かねて御吹聴申上おくようとのこと、例の我れぼめに雪ふりやまば上らんとにこそ候わめ。旦那様によろしゅう御申上願度候。あらあらのみ。かしこ。

同じ返事

おもいがけぬほどの御使いは今日の雪よりいと深き御恵みと御文巻かえし拝し候。いかに空にはおしはかり及びけんの給える如く、唯今は仲間の若からぬ人たち、二階の雪見にと転び転びおわししかば、いざ銚子もて来よ盃と景色ばかり取おこなうほどに御座候。折よく何よりの御品たまわりしかたじけなさ、主人ぶりのふつつかなるを取かくすにも余り候て、いと、いと嬉しゅう喜び入候。旦那様常のようにいらせられ候わば、しいても御入願うべきを、御障り遊ばさんは心ぐるしゅうて、思いながら人をも奉らず今御風説致たるに御座候。承れば同じゅう御酒ごとの最中とや、御間にもあえかしと取いそぎ奉るは、此人々の中にて昨日鴨猟に行たればと投げおわしたるのに御座候。おぼつかなき手前料理、今庖刀をぬぐいし処に候えば何ぞや名のみうとうとしゅうて此肉の有どころと笑わせ給わんも顧みず、御吸物のたね計に候。そえて奉るもやし三つ葉はここもと裏の畠に藁を被らせて兎角生し立しに候ば、今雪の中よりつみ出たる君が為とも取なしあえねど、正しゅう衣手はぬれたるに御座候。これにも一句と願候わばいよいよ欲深の名に立候んや。其御名句どももあまたおわしますなるを伺いには此方よりこそ、降やみ候わんとも御寒さのきびしきに御立出はおよろしかるまじく、御止め申上よとに御坐候。御こころ安だてに。かしこ。

朝には靴の先が隠れるほどの薄雪が、あっというまに松の枝が重そうに見えるほどに積もる。夜まで降りつづくならば、雪の深さを量る棹を持って人たちは騒ぐことでしょう。犬も待ちかねたように駆けめぐっているのもうれしい気分です、という書き出し。「雪やこんこ」の歌ではないが、犬はいつも雪を喜ぶものとみえる。

うちなど庭も狭いのですが、お宅はお庭も広々としてらっしゃるから二階からの景色はいかがかとうらやましいこと。今日は日曜で、ご主人様もおいででしょう。お子さま方を膝もとに、溢れる愛情で世にも温かに雪見の宴をみなさんで張ってらっしゃることでしょう。雪をサカナに子沢山の家庭を寿ぐ。わが家の夫も雪見の独酌をはじめたところ、根岸の知人が笹の雪を持たせてよこしました。ほんの少しだけど御箸ぬらしにお届けする、と書く。

御箸しめり、ともいうがいい表現だ。

雪の日に〝笹の雪〟というのがミソである。これは根岸に文化初年からつづく豆腐料理屋で、主人は代々玉屋忠兵衛。寛永寺の宮様がここの絹漉し豆腐を笹の上につもりし雪の美しさよ、と賞でたことからこの屋号となった。

本当なら主人が豆腐を持ってお邪魔するところなのですが、例のリューマチが出て伺えません。そのかわり俳句の二つ三つをひねってそのうちご披露する、とエラソーなことを横で申してますけど、これいつもの自画自賛よね、雪がやんだら参上いたすそうです。

吹聴を辞典でひくと、「無責任にだれかれの区別無く言い回る」と書かれているが、私が明治生れの人々の日常語の感覚で聴くと、そう耳ざわりな嫌な言葉でない。自慢したい気持は誰にもあり、その滑稽感を自嘲しつつ事々しい漢語で表現したことでむしろユーモアの漂う言葉である。吹聴したい夫を「我れぼめ」とくさす妻がいて、なかなかほほえましいバランスが出ている。

その返事。

思いがけぬ頂きもの、どうしてお分かりになったのかしら、ちょうど来客中なので何よりのお品、雪より深いお心をいただきます。

子どものいる家庭に来る客はそう若いはずもないが、二階での雪見酒につられて雪の中をこけつまろびつ来たというのがいい。

その中の一人がきのう鴨猟に行ったと持ってきましたのを、いま取りさばいて包丁をぬぐったばかり。大げさな名の割には、どこに肉がついてるの、と笑われそうな心ばかりのおすそわけですけれども。

「鴨ネギ」とは鴨がネギしょってくればすぐ鴨鍋にできるから「一石二鳥」と「たなからボタ餅」を合わせたような言い回しだが、ここではお吸い物にと自家の畑のもやし三ツ葉をそえている。

君がため春の野に出て若菜つむわが衣手に雪は降りつつ（百人一首）

の一首を踏まえ、「君がため」とも申せませんが、たしかに袖を濡らしていま雪中より摘んだばかりです、とウィットを利かす。

この鴨に添えてもご主人様に一句と所望したい所ですが、この寒さでわざわざお出でくださるのもお体にさわりますから、どうかお止め下さいませ。気のおけぬ親しい方と思い、つい余計なことを申し上げました。

双方の家族ぐるみの交流がしのばれる楽しい手紙である。一葉も雪景色が大好きで、降る雪を「綿を投げたような」などと表現し、その雪を隅田川あたりにうかべてみたらどうかしら、などと日記で風流をいっている。

歳暮の文

大路を見わたし候に、年のもうけの松竹たてわたして、蓬萊の山今ここにと目さむるように御座候。ことしと申すも今日明日明後日は年波の立かえるらん、思えば心あわただしく候。御宅様には平常の御心がけもいらせられ候えば、今更なる御急ぎなども候わずや。私ども何も手廻り申さず、一つ袴を二人してはくような騒ぎ、御察し下され度候。まことに此年は何くれ彼くれ御顧みのもとに候て、よろず御蔭を蒙りしかたじけなさ、又来ん年もと願入 奉り候。この塩引鮭ありふれたるものに候えど、北海道よりおこせたるに候まま、御歳末御祝のしるし計御覧に入れ候。みずから上りて申べきを、使にての略儀御ゆるし下され度、申尽されぬ御礼はみな新年にとゆずり候て、唯これのみを。かしこ。

同じ返事

御文ならびに御美事の一尾ありがたく受納いたし候。いずかたも年の終りの事しげさは常々おもわぬ用事ども沸出候て、ここもとても同じこと、沓を冠に取ちがえたる騒ぎのみいたし居候。御もと様には御ちいさき方さえいらせられ候えば、一しおの御忙しさ推し上候。此ほど仰せられしお針の婆々、当分手明になるまじきよう申上置しが、此まで頼まれ居し家の用事昨日までにて片づきたるよしに付、御使い遊ばさるべくは明日よりにてもと、夫等申進じかたがた当方よりも心計の御歳暮とりもたせ、今のほど人さし出したるに候給わりしのと行違いにや相成りつらん。年たちかえり候わばよろず長閑に聞ゆべく。改たまりたる事どもはさて置て、お子たちをも必らず歌留多とりなどには借し給われ。此方よりも若きものども御さまたげに出づべしなど今より申合い居候。御前様、私、いでや二人ともよろずの事静まりなす後、御すぎ言も申交し候わん、御義理がとう取いそぎてなどはおわしますな、さては心ぐるしく候。今年はかくて御こと通う暇も候わじ、思えばいと惜しき物から唯来ん年を待居りて、あらあらに筆とめ申候。御礼のみ。かしこ。

都大路を見渡すと、門並みに常緑の松竹をたて渡し、色のない冬の季節が突然、めでたき緑なす蓬萊山になって目がさめるようです。今年と申しても今日明日、あさってには年があけて一つ年をとるあわただしさ。お宅様は日頃のお心がけよく、今さらバタバタすることもなさらなくてすむでしょうが、私宅では何も手がまわらず、袴一つを二人してはくような騒ぎ。お察し下さいませ。

狂言に嫁の家にあいさつに行く親子が一つしかない正装の袴を取っかえひっかえはく「二人袴」があり、おそらくひっかけた表現だろう。
年の瀬のあわただしさがよく出ている。この中で、今年一年のお世話になった礼をのべ、また来たる年もよろしくと、歳暮の祝いの塩引鮭を添えている。

一葉自身、年の暮の手元不如意に「餅は何としてつくべき、家賃は何とせん、歳暮の進物は何とせん」と頭を痛めていた。しかし「暁月夜」の原稿料が思いの外、良かったので中島歌子の所に歳暮に赴き、またその名代で小出粲のもとに師の歳暮を届けたことが記されている（日記・明治二十五年十二月）。

答える方もゆかしく、「二つ袴を二人してはく」という多忙の表現に、「沓を冠に取ちがえたる騒ぎ」という表現で応えている。

これは文選「李下に冠を正さず、瓜田に履を納れず」を踏まえたものだろう。

お宅は小さいお子様がいらっしゃるから忙しさは「一しお」でしょう。ひとしお、一入と書く。これも最近あまり使われないがよい表現。もとは布を染める意味だという。一回かめに入れるとさあっと濃い色がつくことに由来する。

雇ったお針の老女の手が空いたので、明日からでも使ったらいかがかと親切である。こちらもお歳暮をと使いをやりましたが、行き違いになったようです。年が改りましたらすべてのどかに、お子様たちをぜひ歌留多とりなどにお貸し下さい。こちらも若い者をお邪魔させます。とにかく年末のさわぎが一段落しましたら、主婦二人でゆっくりお話などいたしましょう。義理がたくいま急いですべてなさいますな。こちらこそ行き届かず心苦しく思っておりますから。今年中にはこんな調子で、あれこれ申し上げる間もありませんのは、大変気になるのですけれど、来る年、少し暇になるのをただただ待ちわびて。御礼のみ。

このように、明治の女たちの一年は家事にあわただしくすぎていった。そして年明ければ冒頭のような、のどかな年賀状を書くのである。

雑の部

東京郵便電信局郵便物発送の図

〔祝いの文〕

婚礼祝いの文

承り候えば、御娘御様いとよき御縁おわしまし御引移りは此月末とや、誠に御平常の御教えもしるく、御学問お手の芸何くれと残るかたなくお習いうかべ、蔭ながらも娘を持たば御宅さまのようにてあれかしと申合えるに候を、聟君はた聞ゆる御秀才にいらせられ候由。相生の松いや栄えに、御家門御繁昌の御根ざし今より思いやり参らするも言の葉たるまじき御めでたさに候。御つき添いにはお使いなれの竹どの参られ候由、さらば貴母様にもいか許御心安う、御案じ処あるまじきに候。御帯一筋ふるめきたる好みにて、思し召には如何候わん、御祝いのしるし計に候。御支度のさまざまは予ての御手配もいらせらるべくと存じ候えど、中通の御仕立いたすもの此知れるあたりに御座候。御用も候わば仰せ越し給わるべく、何れ近きにうかがいて御物語よろず承るべく候えど、心ばかりの御祝い迄に御座候。かしく。

同返事

娘縁のこと、御聞こみ遊ばされしとて御美事のお祝い物、かたじけなさ何にかは比べん、御織出しの松竹の幾久しく受納申上候。御聞およびも候や、先方身がらは左のみに候わねど、磊落の人にて男らしゅうりりしき処これあり、我が聟ぼめはおかしけれど学才は人におくれ候わぬ由。媒妁人の言葉のみならず、私ども夫婦しばしば逢い試候処、いかなる物にかかわらぬ気性、見る目によりては少しあらあらしゅう見ゆべきや知り候わねど、娘ことは御存じの通しずみ勝の内気ものに候えば、反対にて却りて宜しかるべきかと存じ早々取極め申候。女子はあれ一人に候まま、常々あまやかし子供のように育て居候えば、一家の妻ぶりいかが務め候やらん、猶心は落居申さず、竹をつき添わせ候にて大凡御推量御笑い下さるべく候。縫物のこと仰せ下され有がたく、斯く俄なるさまにもあり、かたがた支度は必らず必らず致しくれざるよう、唯さながらをと申され候まま、殊更のもうけもしあえず、唯いささかの物は松坂の引受候て大かたは出来あがり申候。いずれ御礼ながら伴い出づべく、よろずの心得おおせきけ下され候わば辱く候。この日頃とざまこうざま心づかいしつる余波、少し目のかすむようにて筆はかばかしく取れ申さず、何も申残したるさまにて。かしこ。

明治中期の都市の中産階級の結婚に対する考えがよく示されている。明治二十年代、どこの村でもまだ夜這いの風習が残っていたが、悪習の筆頭とされ、国家の面を汚すものとして、学校教育と警察官の取締により一掃された、と高取正男は述べている(『女の歳時記』)。一方、都市では自由恋愛はまだめずらしく、仲人による、しかもかなりの早婚であった。

うかがったところですと、娘さんがすばらしい御縁に恵まれ、嫁がれるのは今月の末とか。平常のお仕込みもよく、学校の成績もよし、家事万端すべて残りなくご習得、娘がいるならあのように育てたいね、といつもお噂しておりますのに、またお聟様が秀才の誉れたかい方だそうで、ご一緒になられたらお互い手をたずさえていかばかり御家内繁昌かと、今から想像しますのも言葉に尽くせぬおめでたいことでございます。

実家から馴れた女中のお竹どのがお付き添いするとのこと、さぞお母様もご安心なことでしょう。お祝いのしるしにずいぶん古風なものですが、帯を一筋ばかり。お気に召しますかどうか。あれこれ漏れなくご支度済みのことと思いますが、なかなか仕立の上手な者も存じておりますので、もし御用がありましたらお申し越し下さい。いずれ近いうちうかがって、万事承りたく思っておりますが、まずは心ばかりの品を。かしこ。

中流以上の家では、娘の気性もよくのみこんだ気の利く女中を嫁入りにつけてやるのが普通で、これがあまりに女の実家のしきたりを押し通すと、破鏡にいたることもある。

この返事。どうも古風な帯には松や竹のめでたい模様が織り出されていたらしい。祝を貰った方は少し聟自慢をする。家柄はさほどでもないが、学才は抜きんでている。末は博士か大臣か、良家の子女は出自はそれほどでなくても、出世しそうな才ある男を選んだ。

一葉も同じような価値観から逃れきれなかったようで、「高帽子立派に黒ぬりの馬車にのりて西洋館へ入り給う所を」（「闇桜」）といった表現は小説のあちこちに見られる。

子を思う親心、父母は何度も聟候補に会って人物鑑定した。物にこだわらぬ大らかな気性で、見様によっては少し荒々しいほどだが、わが娘はご存じの通りの浮いたところのない内気者、二人でもじもじ湿っては困るけれど、動と静、快活と温厚でかえってうまくいくのではないかと決めました。一人娘で甘やかして育て、まるで子どものようなので、一家の主婦がつとまるものか、いまから案じられます、と娘を嫁に出す先輩に心得を聞きたいと述べている。

嫁入仕度を頼んだ松坂とは上野の松坂屋か。松坂屋呉服店と称する江戸からの古い店である。ともかく嫁ぐ一人娘を前にせわしない中、母たる人は「少し目のかすむようにて」と涙腺の弱まっていることをうちあけている。仲の良い夫婦が掌中の玉といつくしみ育てた娘を嫁がせる、それだけでも稀有な幸せである。貧乏、結核や流行病などで親も子も命を失うことが多かったから。そして「合わせものは離れもの」ということわざ通り、当時は離婚、正しくは夫の側からの一方的な離縁も多かった。それだけに娘の両親の心のくだきようは大変である。

開業祝いの文

今日めしつかいの長松、御近辺まで用たしに遣わし申候処、はせ帰りつげ候には三河屋様には今日御店開きと相見え、提燈国旗など御賑々しゅう、御店先は市のように人の山をつくりてと勇み立て申候。近々御開業の御運びとは承り居しも、今日とは存じよらで御祝いも申上ず、おくれにけるは御免し下され度候。御店開き早々御上景気にいらせられ候は何よりの御吉兆、御ともどもも喜び入候。商売ちがいにて御手伝いに出候とも何の甲斐あるまじけれど、夜に入らば主人うかがい候よし、粗酒一樽交ぜ肴一籠御祝いまでに持たせ上候。御受納下され度、いや栄えに栄え給わん御商運をいのり候て。かしこ。

同じ返事

御使にて御美事の御祝い物、今更おそれ入申候。今日の店開き、前もって御耳に入れ置くべき筈に候えど、事々しゅう御吹聴いたすべき六間間口の店がまえにもこれなく、主人申候には兎角暖簾かけ渡して今日開業など間の延びたる有様をつくれるに、来る人なくて店先にそぞろ寒げの面もちさらし居らんほど見られまつらんも恥かしければ何事も申上ず、二日三日少し物なれの黒人めかしゅう成たらば斯くと告げ参らせて驚かし申べく、夫れまではひた隠しに隠し参らせよとの申つけ、私も事ども悉く新らしゅうて御恥かしきさまに候間、もし入らせ給うべくは今少したちての後御入願度、やがては片襷に前だれはさみあげて、小商人の妻らしゅう成ぬべきに候。夫れまで夫れまで御入は御ゆるし下され度、今長松どの御使に参られ、ここもとまごまごの様おかしきとて大笑いされ申候。今日は知れる人の手伝いもあり、まだまだ少しはつくろい居候なれど、明日はいかにと思いやられ候。御礼にはやがて伺い候わん、唯今日のこと御不沙汰成し申わけ計、何も取あえぬはしり書にて。かしこ。

とても生きいきとした、簡便な手紙である。ことに書き出しの勢いがいい。

今日、使用人長松をお宅の近くまで用たしに出しましたところ、三河屋様には今日、お店開きのご様子。提灯をぶらさげ国旗も賑やかに飾って、門前市をなすご盛況でございます、と息せき切って帰り申し伝えました。いよいよご開業とは耳にしながら、今日とは思いもかけずお祝い言上が遅れましたことお許し下さい。開業早々、ご繁昌のようで何より、幸先のよいこと。畑ちがいですので、お手伝いに上ってもかえって足手まといい、夜になりましたら主人が祝いにかけつけると申しております。その前に粗酒一樽と肴とりあわせ一籠、お祝いに持たせます、これからもますますのご繁昌を心より祈念しまして、かしこ。

江戸以来、屋号は出身地をつけることが多く、たとえば豆腐屋はいまの新潟や埼玉の出が多く、越後屋、武蔵屋などとつける。三河屋はどうも酒屋が多いようだけれど、酒屋の祝に酒を持っていくはずもない。米屋か、乾物屋か、はたまた糸屋か下駄屋か、いずれ小売であろうが業種は分からずじまいである。

返事の方。ここでも前にのべた、「吹聴」の悪い意味ではない使われ方である。とりたてて皆様に告げて歩くほどの大店を張るわけではない。出し桁づくりの黒々した瓦屋根の商家がいまも根岸あたりに多いが、その多くは二間か三間の間口で、五間（九メートル）もあれば大店としてもてはやされた。

主人がいう。とにかく暖簾をかけて今日いよいよ開業などと間のびした感じで客を迎えても、誰も客が来ず、店先に主人が手もちぶさたの顔をさらすも寒々として恥ずかしいので、誰にもご案内せず、二、三日して、多少商売人らしくなったらお知らせして驚かそうと、それまでは黙っていろとの申しつけ。様子を見にいらっしゃるのは、今しばらくご猶予下さい。少しすれば、私も商人の妻らしく片襷に前だれはさみあげて、テキパキと小気味よい働きぶりがお見せできましょう。いまお宅の長松どんが来て、とにかく馴れぬ商売に右往左往しているさまがおかしいと大笑いされ、まあ開業の今日はまだ知りあいの手があり、どうにかなりそうですけれど、この客の出では明日からどうなることやら、一息ついたら御礼にうかがうつもりですが、御知らせしなかったことなどお詫びしようととりあえず走り書きにて、かしこ。

まるきり新規の商売を始めたものか、それとも小僧、手代、番頭ときてようやくのれん分けしてもらい、独立したものか。この素人じみた様子では前者かと思われる。明治四十年代、相馬愛蔵、黒光夫妻が本郷にパン屋中村屋を開いたときも、女学校出の黒光は「いらっしゃいませ」「ありがとうございます」という言葉が言えなくて、近くの太田ヶ原で練習したという。

いずれにせよ、薄利多売を心がけ、手がたく商売を始めようという初々しい夫婦の心ばえを応援したくなるような文例である。

〔依頼の文〕

媒妁たのみの文

事ある折ならでは文だに参らせず、我ままの事ども御ゆるし下され度候。打あけ頼み参らするは御隣家桜木様御長女、学校にての評判もよく、気だても温順に容貌も人よりすぐれてと承り及び、かねがね望み居候。此方嫁に申むねなき人とげに慕わしく御宅様へ出候度々、奥のお座敷にて承れば幽かにもれ来る琴の音にも心うごき居るに候。如何候わん、此方ども嫁には御遣わし相成るまじきや、万一他処ほかへ御約束なども候ようならば申出さんも甲斐なかるべく、内々思し召の処御聞かせ下され度候。こなた倅は御存じの通の理窟ものにて、未だ妻などの御心配には及び候わずと跳つけ候が常なれば、此度の存じ寄にも不承知申出さんかと問聞候処、いつぞや上野の音楽会とやらんにて御目通りしたる事もあり、彼の人ならばお貰い下されてもさしつかえは候わずと、何の異存もなく候は充分気に入たるのと存じられ候。此方身代より倅身のことは逐一御存じの御もと様に今更改めて申上もし候わじ。前のべつる通り御隣家に御先約のなきように候わば何とぞ何とぞ御申込み御仲立の役お引うけ願度、みずから参上御願い申べきを少し風邪の気味にて、風に当ること宜しからずと医者よりとめられ居候えど、善はいそげとも申候えば、成るべく速かに御返事ききまし度、文にして申上候。かしこ。

同じ返事

御文拝し上候。御申きけの一条かねて左様の思し召もあらばと思い居しに候えど、御子息様とかく斯る筋を御しぶしぶにと承り、申上候とも、御聞入なるまじきかとさしひかえしに御座候。誠に御目がねの通、隣家の娘御はお行儀といい御学芸、まして性質のおとなしゅう女らしきは此あたりに知らぬ人もなく、御わたりの御娘御様と申さんに、誠に一対の御仲なるべしと存じられ候。早くより往来もし候て何くれと家内のさま知り居候えど、いまだ何方へも縁のはなしは無きように候。御仲立の大役は身に応じ候わねど、御橋わたしはいかようにも仕つり候わん、早速聞合せ御返事申上べく、平常御子息様御はなし、事の序に致したる覚え御座候間、大かたいなやは有るまじく候えど、今より参りて委しゅう物がたり候わん、万事は後より私あがりて申上べく何も。あらあらかしこ。

琴の音とくれば、これは山の手の良家の話であろう。下町娘ならば嫁いで夫を娯しませるのに三味線、長唄はたしなみの一つというところだから。「何か用がないとお便りもさしあげません御無礼お許し下さい」という冒頭の一文は汎用性がある。「用のあるときだけうかがってすみません」という気持は大事である。「打あけ頼み参らするは」にも相手をいかに腹心の友と心頼みにしているかがよく出ており、このくだりももらった方はうれしいだろう。「あなただから本心を明かすのですが」「正直に申せば」といって実は、相手の隣家の長女を家の息子の嫁に欲しいというのである。

噂によると、その桜木家の長女は、学校での評判もよく、気だてもすなおでそのうえ美人、年頃も格好と条件がととのっている。ぜひともうちのヘンクツ息子にとまずは母親の方がぞっこんなのである。友人宅を訪問すると隣家よりかすかにもれいずる琴の音に心あくがれてしまう、というのだからなまなかではない。『源氏物語』の明石の上の箏の音をもれ聞く光源氏のことが思い出される。また一葉小説「琴の音」では根岸御行松辺の風雅な屋敷から聞こえてくる。もしかしてこれ、隣家に嫁のぞみの客が来ていると知っての上での演出かもしれないと考えたりする。

とにかくこの息子というのが学問あるいは仕事一筋で、全く女性など眼中になく、まったく縁談に心を動かさないので、母なる人はやきもきしているのだ。

気むずかしい息子が、それとなく例のお嬢さんの話をもち出すと、ああいつぞや上野の音楽会でも挨拶したことがある、あの人が来てくれるならいいなあ、と異存もなく気に入っているらしいのです。わが家の経済状態や息子の人品は、もうすべてご存じのあなた様、かのお嬢さんにご先約がなければ、ぜひともご仲介の労をとっては下さらぬか。本来なら参上すべきところ、風邪ぎみで風に当ることを医者からは止められているので、思い立ったが吉日と手紙をしたためた次第、急がせてすみませんがなるべく早いうちにお返事うかがいたく。かしこ。

頼まれた方は早速に返事。

お手紙拝読。お申し越しの一件、かねてよりそのような望みもお持ちではないかとは思っておりましたが、ご子息様は結婚話に乗気でないともうかがってましたし、ご遠慮しておりました。

おっしゃる通り、お隣りのお嬢さんは、お行儀といい、御勉強といい申し分なく、その上、性格がおとなしく女らしいとこの辺でも評判、ご子息様とではまことに好一対と思われます。長いつきあいもあり、家の様子も見知っておりますが、いまのところとりたてて決まった話はないようです。仲人などの大役は任にあらずとも思いますが、橋わたしくらいでしたらいくらでもいたしましょう。早速、うかがってその上でご返事さしあげます。従来より、お宅の坊ちゃんの話も事のついでにした覚えもありますし、まずまず、いやとはおっしゃらないと思いますが、いまからさっそく参ります。万事、そのあとで私、お宅にあがって首尾を申しあげます。かしこ。

上野の音楽会とは、東京音楽学校の奏楽堂でのこと。ここ奏楽堂は日本最古のコンサートホールであり、昭和四年に日比谷公会堂ができるまでは、やや都心から遠い所ながら日本の洋楽のメッカとして栄えた。ここでは無料の土曜演奏会が開かれ、大使館の外国人なども日本で洋楽を聞こうと思えばここまで通った。夏目漱石の『野分』にも登場するが、明治二十九年ころ、すでに一種の社交場、あるいはハイカラなそれとない見合いの場としても機能していたらしいことがこの手紙から分かる。

明治の中上流の結婚はこのように、本人の意志と関係なく仲人口ですすめられていった。

猫の子をもらいにやる文

今日学校にて伺いしに、御手飼の三毛あまた子を産み候よし、勝れて容貌よき赤猫は御相続と仰せられたれば夫れは願いも申上まじ。悉く白うて尾と頭とに少し黒き処ある男猫の候とや。私寵愛の玉をば隣の犬に噛まれしより以来、あれに似かよいたる白きものあらばと望み居しに候まま、御話し承りしより其猫のこと忘れがとう、赤の他は他処へも御遣わし相成るべきよう仰せられしを嬉しくおしつけながら其猫が頂戴ねがいに出し候。かならずかならず大事がり夜るも蒲団の上に寐かし申べく、旨き物たべさせて光沢よき毛色を御目にかくるよう致すべく候。前に申した隣の犬は早くに行がた分らず成りて此頃は心安きに御座候まま、何とぞ御ゆるし下され度。御結納のしるし計粗末の鰹節一袋親猫たべ料にと進じ参らせ候。御願いまで。かしこ。

同じ返事

御処望うけたまわり候。只今表通りの米屋よりも貰い度よしにて人参りしかば何れにてもと答えたるに、一応立帰り貰い主の娘と相談の上又出ずべしとて門をくぐりしに行違えての御使、いま少し遅からば止むを得ぬ御断りもすべき処と一同顔を見合せ申候。御叮嚀の御進物親猫いかに喜び候わん。此聟君きのう今日爪とぐことを覚え候て、床柱にまれ襖にまれ、厭いなく突たて候間御用心遊ばされきびしく御躾け相成度、俄のことにて何の用意もなく首玉の新らしきも何も飾らせ候ことかなわぬはさる方に御見ゆるし、実家かたわろければと軽しめ給わざらんよう願度、小ぬか三合にも足らぬ木天蓼の粉一袋を添えて参らせ候。幾久しゅう御面倒御覧下され度候。かしこ。

これは猫をもらいにやる楽しい文。学校で聞いたとあるからには女学生同士かもしれない。三毛とは黒茶白の猫である。

お宅で飼っている三毛ちゃんがたくさん子を産んだんですってね。いちばんきりょうのよい赤猫はあととりに残すというから、それはおねだりしないわ。まっ白で尾と頭に少し黒い斑のある雄猫が一匹いるんですって？　私のかわいがってた玉（タマ）ってネコ、隣の犬に嚙まれて死んじゃって、あれ以来、そっくりの白い猫が欲しくてたまらないの。三毛の話を聞いて、忘れられなくて、わがままいって悪いけど、その白いネコ貰えないかなあ。絶対大事にするから。夜は布団の上に寝かせて、おいしいもの食べさせて、つやつやな毛なみに育ててまた見せるから。大丈夫、となりの犬はどこかへ逃げちゃってもういないの。ねえお願いよ。お結納のしるしに、親猫さんにカツオ節一袋プレゼントします。よろしくね。

返事。うちの猫の赤ちゃん、いま表通りの米屋さんも欲しいって来てね、どれでも差し上げますっていったら、帰って娘と相談してまた来ますっていうの。その人が門をくぐって帰ったとたんのお手紙、すんでのところでお断りしなくちゃいけないところだったってみんなで顔を見合せたの。もちろんよ、差し上げるわ。母さん猫へのプレゼント、喜ぶわよ。お宅へ行く子ときたら、昨日きょう、爪をとぐことを覚えて、床柱でも襖でも何でもかでも爪を立てるから用心して厳しくしつけてね。突然のお話なので首輪に新しい鈴も何も飾ってあげられないけど、出が悪いんだ、なんてバカにしないでちょうだいね。そのかわり、小ぬか三合にさえ足りないけど木天蓼の粉を一袋つけてやります。末長くかわいがってやって下さいませ。かしこ。

猫を擬人化しての聟入りあそび、結納に鰹節、持参金がわりに猫の好物マタタビというのがユーモラスである。

米屋にはネズミがつきものなので、用心棒代りに欲しがったのであろう。白猫にふられて、さてどんな猫が米屋に聟入ったやら。

書物の借用たのみの文

日々雨がちにて困り入候。御母上様御血の道など起らせ給わずや、例もこのような空をなやましゅう思し召よしなれば如何にと御案じ申上候。ここもと父こと兎角目のなやみよろしからず、左りとて痛みもし候わねど、物を見るに霧のかかれる様にて分明とし候わぬ由、外出のかなわぬ上に目をつかう事のならぬなれば、一日の長き事十月のようにて暮し詫び候様子、人さまにても御入下され候わば夫れに紛れて幾分おもしろげなる素振御座候えど、然らでは一人居間にこもりて柱に寄りかかれるまま物だに言わで。傍より見る身も痩せるように思われ候。此ほどより少しは慰みにもと存じ、平常は余り好み候わねど、有合の小説などよみ聞かせ候処、ことの外気に入りて気まま評など致しながら猶々めずらしきをと注文のいで申候。さりながら私は御存じの通り彼のようの物とんと不馴れにて、此頃いかなる面白きもの出たりとも、又は古きものにて如何なるが名高きか更に更に知り申さず、同じゅうは気にかなうようなるを読み聞かせ申度。御前様はもとよりのお好きの上、御兄君さま御集めの数もいと多くと承り、余りに勝手がましゅう候えど、務めて叮嚀に拝見致すべく候間、思召にて此様のをも御撰み、拝借ねがわれ候わば辱く、例の昔し気質の父に候えば成るべく艶ならぬものが願わしく候。御心安だての申条御見ゆるし下され度。かしこ。

同じ返事

御使にての御状拝見。いといと安き御事、この方手もとのにて御慰みにも相成らば上もなき喜びに御座候。御仰せの通り御父上様が御聞きに入れんには、兄どもが撰みとも異なりて武張りし物など宜しくや候わん。昔し今のを取そろえ、品数十種とりあえず御使にお渡し申候。誠に我れどもさえ紛るる方なき雨の日を、御目のわるうて御引籠りいらせられ候はいか計の御難義、御傍にての御介抱も嘸かし御心ぐるしかるべきこと推し上候。御医者はたれに候いけん、余り久しゅう同じさまにおわしまさば代え試み給うまじきや。斯る事の御進めは申上がたきものなれど、御案じ申され候ままのすさび、実は私兄の知人にて此ほど西洋より帰りたる医学士の御座候。眼科専門にて余ほど熱心の人にもあり、世間の評判も宜しき由に聞き居候まま若し御見せ遊ばすべくはと此旨申添候。とかく御鬱ぎ勝なるべければ一両日うちに御伺い、替りし人の替りし話しをも聞かせまつらば、と兄たち申居候。私も参上致すべきを雨に降こめられて得も立出がたく、御不沙汰申上候まま宜しゅう御伝えのほど願い度。母は仰せ下され候通り例の持病にて、かき籠り唯よろしくと申出候。かしこ。

本を借りるための文。前段として、父の目の悪い話を持ってくる。このあたりが『通俗書簡文』の単なる実用書とは違う凝ったところである。

「血の道」は辞書で引くと「婦人病の異称」などとあるが、とりわけ更年期障害をいうらしい。まず、借りる先の母君の体調を気づかっている。

一方、出す側はその母君と同じ年代であろうか、父親が目を悪くし、とくに痛むわけではないが霧がかかるようにはっきり物が見えなくて、外出もできないし、目をつかう仕事もできなくて退屈している。「一日の長き事十月のようにて」という表現も実感がこもっている。来客でもあれば気が紛れるけれど、あとは一人居間にこもって柱に寄りかかって物もいわない。「傍より見る身も痩せるように思われ」という表現も、その所在ない父の姿に胸痛めせつながっている娘の愛情がよく出ている。

実は一葉の父、樋口則義も晩年は目ぶたの垂れ下る病気になって、少女の一葉は新聞などを読んであげていた。晩年の則義は、自分の興した不動産や馬車会社の事業に失敗して失意のうちにあったというから、どうもこのシーンも重なってくる。

少しでも無聊を慰めようと有合せの小説を読んであげると喜ぶのだけれど、あれこれ評をしながら次を次をと注文。でも私は小説に詳しくなく、いまどんな新刊が出ているのか、古今の名作は何か、よくわからないので、小説がお好きのあなたに聞いてみようと思ったの。お兄様もいろいろ集めていらっしゃるとか、丁寧に拝見しますから、ぜひこれはという小説を選んでお借りできればうれしいのですが。

そのころはいまとちがって小説本の種類も発行部数も少なかった。一葉も父の死後、本をそうは買えなかった。上野の東京図書館婦人室に通って古今の本をよむ一方、日記には「前嶋君より小説本むら竹及涙香小史十二冊借る」(明治二十四年八月一日)などとうれしそうに書きとめている。すなわち饗庭篁村や黒岩涙香の小説を友から借りてよんでいたことがわかる。七時間も没頭して計十冊読んだという。「目は二つあるのだから二行あて読めるではありませんか」といった速読のエピソードは有名である。

その返事。そんなことはお安いご用で、お役にたてれば幸いです。お父さまには兄たちの好みともまた一世代違いますから、多少武張った物などがよろしいかしら。

勇ましいとかごつごつした感じを示すこの武張るという言葉もおよそ死語に近いが、尾崎紅葉、泉鏡花など、硯友社系の軟弱な戯作より政治小説や時代小説でも選んだのであろうか。

こんな雨の日に目が悪くて家にいらっしゃるのはどれほどうっとうしいか、介抱なさる方のお気持も察しられます、と同情したあと、話を転換してゆく。

どこの医者にかかっていらっしゃいますか。あまり癒らないようなら、医者を替えるのも一つの手よ。さしでがましいようですが、実は兄の知人で、西洋から帰ったばかりの眼科専門の名医がいて、本人も熱心だし世間の評判もよいようです。お父さまのご退屈なぐさめもかねて一両日中にうかがって、医者をその人に替えて癒った人の話などもお聞かせしましょうね、と親切である。

明治の眼科医というと、JR御茶ノ水駅の前に今もある井上眼科の祖・井上達也や柳田国男の兄で歌人の井上通泰などの名が思い浮ぶ。

留守中たのみの文

かねて御話し申上し大磯行、明日よりと取きめ候まま、留守中万事ねがいし如く御取計らい置下され度。弟竹三こと明後日までは留守致しくるるつもりに候えど、例の心軽う俄に何処へ参るべきや知れ候わず、左なくも三日の後には学校はじまり寄宿舎の方へ帰るに候まま、此人はとても当てになり候わず、唯御前様をのみ頼み入参らせ候。此ほど仰せられしには私居らざらんほどに黴くさき物など引出し、驚く計奇麗にしおきてなどの給いしが、夫れにては却りて恐入候まま、唯ここもとに御寐泊りなし下され、老婢へのお指図下さらば重畳かたじけなきに候。御暇ごいに参上、いろいろ御願い申べきを、友だち俄にいそがし参り、明日の一番汽車にてと事騒がしゅうなり候まま、例の旅なれぬものうろたえて心いられのみせられ候まま、他ならぬ伯母様に儀式だてでもと我から理をこしらえ、失礼至極の文にて願上候。何も何もよろしく御計らい下され度候。かしこ。

同じ返事

明日の一番汽車にて立たるる由なれば、今宵より参りてと心ならず候えど、嫁が思わくも候まま、御文見るより馳せ出ること少し憚られ、明日御立ちの後ゆるゆるとせしように参るべく候。取ちらせし物の片付も何も、私まいらば悉くなすべきに、夫等は打すて忘れ物のなきよう御心がけなさるべく、途中は掏児の用心専一に候。汽車の昇り降りに足など踏まるる事あらば、懐中物に手をやり給え、束髪にてあるべければ簪の気づかいは無けれど、時計も帯の奥深くにするか、手提の中にして夫れをば膝ちこう引寄せおかるべく、一人旅ならでも汽車の中にて知人をこしらゆるは宜しからぬ事に候。御逗留ながくは無きよしなれど、成るべく成るべく速かに御帰りのよう致し度、たのまれ参らせたる留守居を厭うにはあらねど、馴れぬ旅寐の案じらるる故に候。あらあらかしこ。

これは一家の若い主婦が、留守を親戚の年輩の婦人に頼む手紙である。

大磯はいまなら東海道線で一時間半というところだが、当時では大がかりな旅だったのだろう。海辺の転地療養に早くから用いられ、宮家や華族の別荘もあった。戦後では吉田茂の隠棲地として知られる。

友人とかねてから行く予定にして、後を心安い伯母に頼むつもりだった。家には老婢もいるが、その者任せにもできず指図役がいる、というのが明治の中産階級らしい考えである。じつは弟の竹三も明後日までは留守番に来ることになっているが、なにしろ学生であてにならないうえ、三日後には学校が始まり寄宿舎の方へ帰るという。というところから見ると、この弟は「五寮の健児」で知られた向丘の一高生かもしれない。

とにかく伯母上だけが頼り、でもいないうちに黴くさい物は全部空気をあてて驚くばかりにきれいにしておくよ、なんていって下さったけれど、それではかえって恐縮しますから、どうぞお泊り下すって、指図だけして下さればいいのです。友だちが急に来て明日一番の汽車で行こうなどというので、旅なれぬ私、すっかり浮足立ってまして、本来なら参上してお願い申し上げるべきところ、ほかならぬ伯母さまに儀式ばらなくとも、なんて自分で自分に理屈をこねて書面で失礼しますが何とぞよろしく。

大磯辺にいくのに「お暇乞い」というのがいかにも大げさな時代である。相手を信頼していることが「唯御前様をのみ」「重畳かたじけなきに」「他ならぬ伯母様」などという表現によく現れていてうまい。

返事。嫁の手前、今晩中には行ってあげられません。明日、あなたが出かけてから、ゆっくり参ります、と自分の都合をのべたあと、うって変わって、年長者の立場から旅の注意を細ごまとしている。

家のことは私にまかせて、とにかく忘れものをしないように。途中はスリに気をつけるように。汽車に乗り込むとき降りるとき、足を踏んでそっちに気をとられたとたんすられるということもあるから、足を踏まれたら反射的に懐に手をやるのですよ。髪は束髪だから簪を盗られる気づかいはないわね。時計も帯の間の深い所にしまうか手提の中に入れて手元に引寄せておくように。ここから女性も時計を持ち歩くようになっていることが分かる。一人旅でなくとも汽車の中で知りあいをこしらえるのはあとあとよいことではありませんよ。そしてなるべくすみやかに帰宅されますように。

留守番がいやなのではありませんが、あなたの馴れぬ旅寝が心配なので。かしこ。

年若い姪に対しても手紙文では敬語を用いている。

〔忠告の文〕

愛犬の行衛なく成しを友につぐる文

いと浅ましき事の候を御聞き下され度候。きのうの夕がた、私方かい犬の赤こと、昼のほど暑さにくるしみしを取かえすようもやと湯に入れ候て、さて心地よげに狂い居候を供につれ、例の勧工場まで納涼ながら兄たち私ども四五人にて遊びに参りし処、横町に柳の木のたけ高きがある門構えの家の候を御存じもや、あの邸内より耳のたれし大いなる黒犬かけ出で一声たかくうなりかかり候処、此方赤犬なりの小さきに似ず気のつよう候まま走りかかりて咽喉をとねらい申候。兄達はいつもの通り面白がりて、赤よ負くるななど言い候いしが、私は物の恐ろしゅう彼の大なる犬とこれがすまうは、不器用の私が繻子の袴ぬわんとするより六ずかしきこと、如何にも力足るまじきことと、制しつれども重なる兄たち聞き入れ候わぬ、かまして赤犬とびかかりては哮えたて哮えたていつしか横町より大通へと追い出で申候。折から地蔵様御縁日の植木屋多く出で並び候中を、二つの犬どものがれつ追いつして呼ぶをも聞かず、止むるをも耳には更に入れぬと覚しく、早足の兄たち其処此処追いありき候いしかど、適わで遂いに見うしない候。されども平常物よく教えおき家への道など分明に知り居り候ものなれば、よも迷い犬にはなるまじきに、心安う立帰れと人々にいさめられ、私は心がかりの事いう計なけれど、詮方なく其まま連れられて戻り候処、それを限りに影みえ候わず、昨夜は寐もせで耳をたてつつ、もし帰り来るかと雨戸のかけがね幾度はずして見候いけん、遂いに覚束なくて明け渡りしかば、万一道より横の古井戸などに転び落、そのままに成しようの事ならずやと、今朝下男うながして探させに出し候処、其様のけはいも無かりし由、申帰り参り候。いかに致したるや命だにあらば道迷うべきにも候わず、万一人にでも盗まれしならばいかにせんとて、連れ行つらん首輪かけさせて鮮かに主の名しらせ置たるなれば、よも打ころされはすまじと思えど、如何にも物の案じられ候まま、今人はしらせて三つ四つの新聞に在処やしるると広告出させ申候。折ふしの使いいとよく仕候て、御わたりに文奉らんとする時など帛につつみて何時も首にさせつるを、今日は郵便にてさし出し候こと何となく心淋しく候。うさの紛るる方なく、斯る事ども書ちらし参らするを物ぐるおしとも思し召さんや、御わたりの誰君さまにも別しては告げ聞え給うな。かしこ。

同じ返事

翁丸がように罪ありて追放されしさえ、行衛のう成たるは憐なるべきを、彼の愛らしゅうて物よく聞わけし赤犬のその影見えぬはいか計御心うかるべき。彼の御郵便手に入し時、封じ目ときてまだ末までも読あえぬほどに、私宿の裏手なる竹藪の方に犬のこえおどろおどろしく多くの犬ども哮立る中に、弱りしようの声の交れるを聞くと其まま御文投うちて思わず庭口よりかけ出し申候処、それは隣家の飼犬にて私大嫌いの斑毛の雄犬、いやしきものにて塵塚さがしあるきては得物を何時も宿なしのと取あらそうに御座候。いかにして此犬が声を赤が声とは聞違えけん。思えば御前様が夜もすがら御雨戸あけたておわしましたこと御無理ならず存じられ候。仰せの通り首輪かけさせ置き給えれば打ころさるる憂いもなかるべきを、如何さまにし候いけん、見るより可愛さの堪えがたく、人知らぬ間に掻き抱きもて行かれしならば御惜しき事はもとよりなれど、猶栄耀をばのがるまじく蒲団の上などに据えられて魚そえし膳にや飽かんとすらん。何も今しばし立たばおのずからの在処知れざる事も候わじ。此方ことも出入の車宿に申つけ、若者ども何方へ参りし道にても斯る犬見出たらば連れ来るよう、御褒美は何れ莫大にと此ように申置候。かしこ。

行方不明者を探す文だが、主役は犬であり、ドラマに満ちている。

きのうの夕方、昼間あまり暑かったので苦しそうにハアハアいっていた飼犬の赤を湯に入れてさっぱりさせてやり、犬も気持よさそうにはしゃぐのを供につれ、いつもの勧工場まで納涼がてら兄と私ども四、五人で遊びにいったの。

横丁に丈高い柳のある門構えの家のところに来たら、邸内から耳の垂れた大きな黒犬がかけ出て、一声高くうなりかかり、赤の方も小さいくせに気がつよいので走り寄ってのどをねらうの。兄たちは面白がって、「赤、負けるな」などとはやしたけど私はこわくって、あんな大きな犬と闘うのは不器用な私が繻子の袴縫うような手に負えぬ話、力不足だからやめさせてといったのに兄たちは聞かず、赤はそのままとびかかって哮えたて、いつか横町から大通りへととび出しちゃった。ちょうどお地蔵様の縁日で、植木屋が多く出並ぶ中を二匹は追いつ追われつしていうことも聞かず、足の早い兄たちが追っかけても追いつかずついに見失いました。日頃、しつけてあって家への道も知っているはず、迷い犬にはならないから安心して帰れといわれ、気がかりのまま帰宅しましたが、それきり、姿も影も見えません。きのうはまんじりともせず、小さな音にもとびおきて帰ったかと雨戸の掛け金を何度はずして見たことか。結局帰らずじまいで夜が明け、万一、道から入る横の古井戸に落ちたのではとけさ下男に探させたりもしたけど、そんな気配はないと帰ってきました。命さえあれば道を迷うはずもなく、首輪をつけ、飼主の名もしるしてあるのでまず打ち殺されはしないはずとは思うのだけど心配で心配で、いま三つ四つの新聞に探し犬の広告を出したとこ。

あの犬は忠義で役に立つ犬で、お使いもよくしたし、あなたにお手紙さし上げるときはいつも帛(ふくさ)に文をつつんで首輪につけてやったのに、今日は郵便で出すのでなんとなく淋しく、気が紛れなくて、こんなことを書きちらして気がふれたみたいと思われるでしょうけど、どなたにも申し上げないでね。かしこ。

探すことより、悩みを打ち明け慰めを求めているのである。

その返事。かの翁丸のように罪があって追われた犬ですら行方不明はかわいそうなのに、あの愛らしい、いうことを聞く赤の影が見えないとはどれくらいゆううつでしょう。翁丸は『枕草子』に出てくる。一条帝のかわいがる猫を追いかけ怒りを買い犬島に追われたが、自力で戻り、打たれても元の飼主のもとを離れず、人間のように涙を流したという。

封を切って最後まで読まぬうちに犬の声がきこえる中に弱った一声がワンと交り、おもわず手紙を放り出して庭まで走ったわ。みたら私の大きらいなとなりの斑毛犬、近所の野良とゴミ溜めをあさって取りあう大きらいな犬でした。これを赤とききまちがえるなんて、私もどうかしてるわ。あなたの夜通しの心配も無理はないと思う、と親身である。

首輪をしていればよも打ち殺されるはずはないと思うけど、まあかわいいと連れていかれて、今ごろ布団の上に据えられて魚付のご馳走に飽きているかもしれないわね、と不吉な予感を振り払う方へユーモラスな予想をたてる。もう少しすればきっと行方の手がかりが得られると思うわ。私も出入りの車宿にこんな赤犬を見つけて連れてきたらごほうび莫大に出すといいつけました。たしかに町の道路上のことは車宿の車夫がくわしいに決まっている。

ここに出てくる勧工場(かんこうば)は、明治十一年、東京府が前年の上野公園での第一回内国勧業博覧会で売れ残った物品をさばく目的で開いた物品陳列所に発祥する。バザーとかフェアといった考えを輸入したものらしい。

その後、勧工場は銀座など繁華街を中心に三十ほどにも増えた。いわば百貨店のように、呉服から化粧品、小間物、おもちゃ、食器、洋品などが多品種売られたが、一つ一つの売店は独立しており、間口一間、奥行三尺にも足りぬ空間を建物の所有者から借りるスタイルであった。質的には「勧工場もの」として劣ったが、人々はウィンドウ・ショッピングという娯楽のため出かけたという。日記によると、一葉自身、信富勧工場、杉山勧工場、本郷勧工場などをひやかしにいっている。

明治三十年代後半になると勧工場は減って、三越、白木屋、松坂屋、伊勢丹といった由緒ある呉服店のデパート化に負けてゆく。最近再び、店内を個店に仕切ったデパートが流行しているのは、勧工場に似ている。

友の驕奢をいさむる文

此春、花ざかりに御宴会御催しの由にて態々御人下されしかど、思う事ありて参上致さず、猶御舟遊びや何やと御趣向御こらし遊ばされ、人目を驚かす計の御事ども、招かれ参らするは嬉しきようなれど、私は更に御同意申がたく候。去歳までは日ごとの様に参上、今日は参らすべき御馳走のなければ夕飯あがらで帰り給えなど仰せられ候を、押かえして我ままを申張り御飯櫃みずから取おろし、御母様の御小言ききながら箸を取し事も御座候。あの折給わりし御湯づけの結構成しこと、今御前様が八百善や何やと御取ならべ、御馳走下され候に増りていか計の高味にか候いけん。私うち絶えて参上申さぬこと、少しは御心にかかりて何故の不沙汰など思しめぐらさるる事候や、但しは忘れて過ぎさせ給うや、何方にてもよし、私は申ほどの事申さばやとに御座候。おもえば御上様おわしまし頃の御家のさまは、誠に世間の手本とおぼえて、私などは御近づきにてあるをさえ身のほまれと思うばかり、人にも語りて自慢いたしたるに候。さるを唯の一年、まだ指おれば三百六十とまでも参らぬ今日此頃、朝夕の御振舞何ごとに候ぞや。必竟はお前様まだ世の事を何も御存じなく、人の賞むるは宜き事と思し召、蔭にてのそしりに御心づかれぬよりの過ち、御姿は派手を専らにと遊ばされ、今更の御島田髷を人は三十振袖など申候ぞかし。一昨日こなた縁類の物歌舞伎座見物に参りし処、高土間五つ取払わせ、御家の一まき全盛の見よう遊ばされ、殊に目立しは御前様が御姿なれば、近江屋の後家様が御形見かと昨日ここもとへ参りて逐一かたり聞かせ候。御母様おわしし世には芝居は春秋二度の御見物それも質素に平土間をお取り遊ばされ、御かかりは大方の定めおわしましたる事いつも御一処して私知り居候。よしや金蔵にうなり声きこえて土台石に金剛石を据え置くほどの身代なりとも、能なき驕りの末栄えしは聞き候わず。此辺おぼしめし廻らされ、御身持御堅固に昔の御前様に御立かえりのよう願度、御傍に番頭どのも御女中頭の富士も附そい居ながらこれを止め参らせぬは、此方いかにも不審しく存じられ候。打たえ参上も申上ぬは私の心かわれるにはあらで、御あたりの有様いかにしても拝見するに忍ばれ申さず、夫故こそ斯く御不沙汰も致し居候えど、心は常に御上をのみ案じ思われ、今日は如何に暮させ給うとも昨日の御様子は斯く成しなど逐一聞こみ居申候。筆よりは口にてと存じ候えど又芸人などあまた候て生おかしかるべき折ふし、苦きこと申出さんも如何とさしひかえ文して御覧に入れ候。まだ申上度こと数多く候えど、此方は一々御身の上を詮義だてして証拠とりならべ候とも何にかはせん、唯もとよりの仲よし成し御前様が世のもの笑いに成りなんこと口惜しく、唯それればかり申上度に候。人に物いわれて行いを改たむるなどいう事大嫌いの御性分とは昔しより知り居候、御怒りに触れなば私は此まま御目にかかる事をなすまじく、一生憎くまれ参らするともいささか恨みに思うまじく候まま、御心一つに思しめしかえされしになして、何とぞ御家業御出精、かげ指さされぬようなし下され度祈居候。かしこ

これは厳しい、かなり覚悟して書いている手紙。返事はない。ここまで言われては返事の書きようもなかっただろう。

相手は近江屋という大身代のかなりとうのたった娘。母を亡くして一年たらず、その間に重石をなくしてすっかり派手になった生活を長年の友がいましめている。

此の春、花ざかりに花見の宴会にわざわざ誘いに来て下さったようですが思うことあって私、参上いたさず、舟遊びや何やらと人目を驚かす趣向もあったようですが、これも私は同意しがたく、と否定を二つ重ねて唇きりりとひき結んだような堅い書き出しである。

いったいどういうことなの。去年までは毎日のように遊びに行っても、今日はご馳走がないから帰んなさいよ、といわれれば、何もなくていいから一緒にいたいわ、などと自分でお櫃を奪って夕食いただいたくらい、気のおけない仲よしだったのに。あのときのお湯づけのおいしかったこと。今あなたが八百善を奢ってくれるよりはずっとおいしかった。

私がずっと行かないこと、少しはこたえているのかしら、どうして来ないのか考えてみた？　それとも日々とりまぎれて忘れてしまったかしら。どうでもいいわ。私はいうべきことをいうつもりです。

お母さまがいらしたころのお宅のご様子は本当に世の手本としたいくらい、私だってあなたと近しいのを自慢していたほどなのに、亡くなられて一年もたたぬ昨今のこの御振舞はいったい何事なの。たぶん世間知らずで、人がもてはやすのはいい事と思って、陰で何をいわれているか気づいてないんでしょうね。

いい年して島田なんか結って、三十振袖と陰ではみな笑っているわよ。おとといは歌舞伎座の高土間を五つも買いしめてご一族で総見ですって。呆れたわね。うちの親戚がたまたま行ってたので「あれが近江屋さんの遺児か」とびっくりしてたわよ。

お母様のいらしたころは芝居は春秋二度と限り、それも質素に平土間をとり、そう華美なもてなしもなさらなかった。

商家なんて質素堅固が身上じゃありませんか。どんなに蔵にお金がうなったって、土台にダイヤモンドを埋め置くような身代だって、くだらない浪費をして栄えた家なんて聞いたことはないわ。まったく傍に番頭も女中頭の富士も付いていながら、どうしてそれをやめさせないのでしょうね。

頼むから正気になって。昔のあなたに戻ってよ。私がうかがわないのは、友情がなくなったのではなく、そんな驕りを見るに忍びないからよ。それでもいつもあなたのことを心配して、今日はどう昨日はこうとあちこちからの噂を聞き集めてよく知ってるわ。手紙よりはじかに申し上げようと思いましたが、またうかがって、芸人などたくさん呼んでどんちゃん騒ぎのさなかに、良薬は口に苦しといった話をするのもいかがと取りやめました。

まだまだ申し上げたいことはあります。でも、別に一々証拠をあげて詮議しようというわけではなし、とにかく昔から仲よしのあなたが世のもの笑いになるのは私だって嫌なので、直言して怒りを買うなら、これきり一生会わなくてもいい、と覚悟してしたためました。

じつに迫力ある手紙である。この『通俗書簡文』中返事のないのはこれ一つである。

グウの音も出なかったか。あるいは良薬の苦さに耐えかねて無視したか。

八百善といえば江戸で名を馳せた会席料理屋。かつては山谷の八百善として酒井抱一、亀田鵬斎、大田南畝らのひいきの店であり、明治の世でも格式高く商売をつづけた。いまは銀座のビルの地下で営業している。

離縁を乞わんという人に

唯今寺参りより帰りて娘に聞き候えば、先ほど御前様御入りにてしかじか御物がたりの由、おもい寄らぬ事にて驚き入申候。もはや御子達も御大勢いらせられ、今更はずかしき事など起り給うべきにも候わず、内輪のもめというは池の面の小波に同じく絶えずありとは見ゆれど、大した物にはこれなく候。なるほど其始の御中にくらべ給わば御無理も仰せられ、我ままの御小言など面白からぬ御事まじらせ給うべく候えど、そは自然の御心安だて、隔てぬよりの打とけにて、深くは御心にも止め給わぬが宜しかるべく候。旦那さま御事、此頃打しきり御酒めし上り御気のあらあらしゅうて外出がちにと御申の由、かかる折ふし御前様より丸からぬ事おおせ出され候わば、御事破れていかさまにか成ぬべき。古りぬることなれど覆せし水は器にかえらず、又の御戻り六ずかしくは御子たちを如何にせんと思し召すらん。もとより相生の松は名のみに、夫婦は離れものの、縁たえ候わば夫れ限りに相成るべく、誰れもよく申こと、彼の時何として彼のようの短気なりしか、左まで怒らでも事は済みしをと後々の悔おそろしく候。此方媒妁人の身の上なれば片手落にてお前様ばかりわろしというには候わず、唯女同志の打とけ言一割損のものとおぼし召、御辛棒専一に候。まだまだ御わたりは御かけ向いにて御姑御様もいらせられねば、何事も御気楽なるに候。此方長年の辛苦、それは随分と話しの種のような辛きおもいさまざま致し候えど、さて過せば過さるるもの、今此ようの老婆に成りて子供達に面倒見らるること、其頃の取かえしに御座候。何事もお子達に思しめしかえされ、一端の御はやり気は御無用に遊ばさるるよう致し度、今娘より話し聞き候まま、取あえず此文をば参らせ候。何れ御まのあたり何も申上べく、呉々きょう仰せ置のようなるは何時にても御申出かなうべく、早まりたる事は取返しつき申さず候。かしこ。

同じ返事

よしなき事を申出御心配を相かけ候事、お恥かしゅう存じ候。おおせの通心安だての我ままより、人の親にもなれる身にて子供のようなる理由もなき事仕出し候。先刻あがりし時御留守にて候いしまま、申上でも帰らんかと存じつれど、猶胸のもやうやと遣る方なく候まま、御娘御様に始終御はなし申たれば、夫れは心得違いと彼のお子よりも御意見おおせられ候。今更考え候えば埒もなき事ども、真にあと先そろわぬ一端気の立帰りては身ながらも思案のほど判りかね申候。今御詫びの文さし出さんと思いし処へ、御案じ下されての御郵便、いよいよ恐れ入て身の縮むように候。おおせの通りこぼし水は旧に戻らず、再度此家に帰られぬようならば此子達をも見る事かなわで、情なかるべき事おもえば身の毛たち申候。もはや彼のようの事は申すまじく候まま、何とぞ何とぞ里方両親には此様の事ども御内分になし置下され度、入らぬ心配をかけ候も心ぐるしきなり。二つには弟嫁などに私処存見おとされんも恥かしく候。御詫びには何れ近日うかがうべく、御礼ながら最早あるまじき考えなどは持居らず候を、御知らせ申上度、あらあらに御座候。かしこ。

相生の松、鴛鴦（えんおう）の契りなどは名ばかりの夢、合わせ物は離れ物のたとえのごとく夫婦が添いとげるのはいつの時代もむずかしい。これは仲人のところに離婚の相談があったのに対し、これをいさめる手紙。世間智というものの考え方を示して面白い。

その離婚したい原因とは、その一、夫が新婚時代と異なり無理やわがままをいう。その二、酒を飲み暴力をふるい外出がち、と妻は申し立てている。このへんはいまと同じである。

一方、離婚を押しとどめようとする仲人側のいい分としては、その一、子どもが大勢いること。その二、世間体が悪い、「今更はずかしき事など起り給うべきにも候わず」。そして「覆水盆に返らず」で一度家を出てしまえば戻るのは容易でない。短気をおこせば必ず後悔する。とにかく辛抱専一とのべる。

ここで仲が悪く別れるようなことがあれば、媒妁人の自分にも責任があると釘をさしているが、むかしは、家内のたえまない小波（さざなみ）は必ず仲人の所へ相談に行ったものである。いまのように結婚式の介添という頼まれ仲人というだけでなく、縁談、見合から、結婚のアフターケアまで仲人はけっこう大変だった。しかし他人の幸せのために時間をさいて尽くすことは大切で、「積善の家には必ず余慶あり」と一所懸命人に尽した。

この主婦は自分の経験を書く。姑と同居で長年の辛苦は並たいていでなく、辛い思いばかりしてきた。それにくらべれば核家族のあなたはお気楽。私がいま子どもの世話になっているのも、「其頃の取かえし」であると。この考え方は戦後、失なわれている。いまの親は「子どもの世話になぞなりたくない」と粋がってみせる。それを真に受けてか、「親が困ったときどうしても世話したい」と思う高校生は、最近の調査によると日本では一六％しかいないという。中国は六四％、アメリカでも四六％いるというのにである。親孝行という儒教道徳もなく、相互扶助の精神もない日本は、これから高齢化社会にどうなっていくのか。「其頃の取かえし」という因果応報、輪廻の思想があった一葉の時代の方が安定していた。

返事。一時の短気で家をとび出し、仲人宅へ急いだものの、当人がいないので娘さんに胸のうちをぶちまけた。娘様にもそれは心得違いとさとされ、家に帰ってあれこれ反省してみると、どうしてあんなことをしたのかわからない。自分の思いすら頼りにはならないのである。

いまお詫びの手紙を出そうとしていたところ先にご心配の手紙をいただいて、いよいよ身のちぢむばかり。里方の両親に心配もかけたくなし、弟の嫁にこの気持を知られるのも恥ずかしいので、一切なかったことに、ご内聞にお願いします、とあやまっている。

離婚を考えながら親にさとされて帰宅する「十三夜」のお関と同じ気持を、手紙の上で現わしたものといえよう。

美貌のお関は玉の輿に乗って原田の奥様といわれる強運の身。しかし夫は自分に飽き、物言うのは用事のある時だけ、小言は絶えず、二言目には教育のない女と使用人の前でもさげすみ、いじめぬく。今日こそは家を出ようと思うものの、親のこと、一子太郎のことを思って思いとどまるという筋である。結局、一葉は耐え忍ぶ女を描き、耐え忍ぶことを正当化している。

親の家に泣き言をいいに行った帰りに乗った人力の車夫がかつてほのかに思った幼なじみ。かけ離れた境遇。もしこの男と一緒になっていればまったく別物のはずの運命。万感胸に秘めて何事もなく別れるというラストが哀切。

離婚したい女性の相談事の手紙が先でそのあといさめの返事というのがオーソドックスなはずだが、これは窮鳥のようにとび込んだ行動に対してのいさめの手紙を先にして、反省の返事をあとに持ってくるところ、芸が細かい。

事ありて仲絶えたる友のもとに

此ほど上野の公園にて御影ほのかに見参らせしかど、御心のほどはかりかね御あとも追い候わず、空しゅうながめて立帰りしこのかた、果敢なき思い日ごとに沸かえり、よし御怒りにふれなんまでも御詫び申こころみてと、此文をばようようしたため申候。さりとは筆のかいなさよ思う心の千が一つも書得られ候わず、紙おしまろめて屢々打なき候いぬ。さもあらばあれ、墨のにじみに思しやらせ給いて、自ずからの御憐れびも給わらんや。斯く隔たり参らせたる事のもとすえ静かに思いめぐらせば、如何ならん違いめより月日を渡りて御心とけず、門の柳に月かすむ夜いざ合奏せん疾く来よの御誘いもなく、増して春雨のつれづれに歌よまばやとての御音ずれなどかき絶て忘れし様にはもてなさせ給うらん。御心安さの余り礼なき言葉をうちつけになど、其は昔しながらの習慣と御見ゆるしもたまわるべく、其ほかには如何なる事や御気にはさわりけん、屢々おもいて更に考えつき候わず、今は打あけ思召のほど伺わんよりほか詮かたなく候。私国もとを立出でて始めて彼処の女学校へ伯父に連れられ参りし時、御友だちも無くて物の恥かしきこと言うばかりなく、唯汗に成りてかがまり居つるを御前様御覧じかねてや、年はいくつぞ今までは何処の学校にてか学ばれしなど優しき問いを給わりし時の辱なさ、夫れよりは唯御袖にのみ縋りて退校も昇校も御一処にと過ぎ来つつ、卒業したりし後人々は大かた引わかれて逢うは同窓会の春秋のみ夫れもことごとくは寄合う事をせぬほどの仲に、猶あけくれ御睦まじゅうして、仲よき友の手本といえばやがて引出さるるほど珍らしき物に言いさわがれしを、此ほどの有様よそ目いか計怪しみ候わん。是れはた我が身の罪なりや、身に覚えなしと言わんは舌長きようなれど自ずからは知り候わず、誠心からの過ちもせぬげにて候えば、唯々世の中かわれるように如何なる事と浅ましゅう思われ申候。さりながら此は我ままの申条、知らざらんほどに若し過まてる事なども候わば、斯く斯くの言葉おもしろからず、此事心にも適わねば夫ゆえの怒りぞとも宣まわんに、御弁解すべきはし、謝び参らすべきは如何ようにも仕るべく、私は唯姉上と存じ居り候を、御心にかなわずとて物のたまわぬは情なきおぼし召に候。私いささか思い当れるは去る人さる子細ありて、私をば御前様より引はなつよう心がくるには有らぬやの疑いに候えど、然りとも言うまじきは人の上、もし過ちならんには罪の上に罪を重ねて其人よりの憎くしみ恐ろしく候。もはや何もえ書き候わじ。思うこと胸にたたまりて中々の筆三昧うるさく候。よろずに思し廻らされ此方あやまりなきほどを若し御見出しも下され候わば、よしや昔しの御交りに復らんことは六ずかしゅうもあれ、夫れまでの身と思い絶えて憂きをも中歎くまじ。唯かかるさまにて御疎々しゅう成なんこと口惜しゅう、此方よりは隔て参らせぬ心ばかりをと思うものから、あわれ書き尽しがとうも候かな。かしこ。

同じ返事

夕べの空に月はありとも、雲かかれれば道たどたどしく候。おもわぬ事より御疎々しゅう成ゆきて言わねばこそあれ、此方も同じゅう思い歎き居つるに候。思い切たるようの御言の葉ども、御もと様より先いわれまつりては此方今さら御返事の法もなく、唯御互いの思いたがえ、仲よければこその争いと、大かたに笑わせ給わんこと願わしゅう候。御文中さる人や物いいつるの御推量あたらずとも遠からぬほどと御含み遊ばされ、然りとも人には疵つけ給わざるようなし下され度候。必竟は此方心ろ短かくて深くは物も考えず、怒る時は一筋に例の獣が前後を見かえらぬと同じければ、斯る陥穽に落入るに候。此ほど中より少しは心づき怪しき事にも成りにしものかな、さて此ままにて中絶えなば此末いかならん、うら淋しゅうも有るべきをと御詫びの文かかばやともしつれど、知らせ給う通りの負けじ心はよしなき時にも妨げに成りて、書きては破り破りては書き、偽りには候わず、手箱のうちに反古紙いまだ納めあり候。きのうの御文見つるより、年若の御前様が御気のねれしに驚かされ思えば私はまだまだの小供と汗に成申候。疑いしは私の罪うたがわれしは御もと様が御災難とも思しめされ、深うは何も尋ね給わず、唯もとのままにと思し召のよう願わしく候。御仲なおりと言わんはおかしけれど、久々にて胸あくばかり御物がたりも致し度、この夕つかた私宿まで御入も給わらば辱なく候。さて其折に何も何も。ここには昨日の御返事ばかりに候。

かしこ。

狭く短い生活体験しかもたぬ一葉が、周囲の人々を鋭く観察して書き分けていることに舌を巻く。同性同年齢の友というのも多い。これは女学校を巣立ってのち、仲違いして疎遠になった友達に送る、思いのほとばしる手紙である。作家としての一葉の心理描写の才が遺憾なく生かされている。

先日、上野の公園でお姿をほのかに拝見しましたが、いまのお心を量りかね、お声もかけず、さみしく帰りましてからずっと、はかないのぞみが胸に湧いてとどまらず、よしやまたお怒りを再燃するとしてもお詫びだけは申し上げてみようと、いまこの文をしたためております。

一葉の文語体の数行すら現代語にしようとすれば、「ちらりと」見かけたより「ほのかに」の方がいいし、「何もせずに」より「空しゅう」の方が、「見込みのない」より「はかなき」の方が、とすべて元の単語の方が深い心ざまを表わしていて現代語に訳すのは絶望的になる。いっそいまの私たちが、一葉時代の副詞、形容詞を積極的に取り入れて手紙を書いた方がいいのではないかと思う。

「いざ書いてみると、心の中にある思い微妙なゆれがうまく書けずに紙を破りすてたり、涙が出て墨がにじんだり、どうぞ憐れに思し召して下さい。

どうしてこんなに心が隔たってしまったのでしょう。静かに思いめぐらしても私にはよくわかりません。門のそばの柳に月がかかったらさあ琴を弾き合わせましょう。春雨に降り籠められたから歌でもつくって暇つぶししましょう、なんてちっとも誘って下さらず、私のことをお忘れになったようなのですもの。私の何がそんなにお気に障ったのでしょう。率直におっしゃって頂くよりほかにないのです」。

はっきりしたトラブルがあり、口喧嘩やつかみあいがあればいっそさっぱりするが、わけもわからず嫌われて疎遠になるのは、胸苦しいものである。

この人は女学校に入りたてで右も左もわからぬ頃にやさしくし、導いてくれた先輩を姉のように無邪気に慕って、卒業後も春秋の同窓会だけでなく、しょっちゅう会ってその仲の良さは仲間の手本といわれた。

胸に手を当てて考えても何一つ思い当る落度はなく、ただ一つ思い当るのは、ある人があるわけがあって私をあなたから引き離そうとしたのではないか、と思うけれど、人の陰口は言うべきではなし、万が一見当ちがいでしたら罪を重ねてその人の憎しみを買います。胸にたまってるもののみ多くて長々と書いてはかえってわずらわしい思いをおさせします。昔のようなお付合いに戻ることはできなくても、身の不運と思って歎きますまい。ただ、このまま疎遠になるのは思いが残ります。私の方は変わらぬ心を持っているとお伝えしたい。でも書き尽せないのです、と切々と祈っている。

女同士、かすかに同性愛の匂いもする。一方、もしかするとこれは一葉が断念した半井桃水への恋文のつもりで書いているかもしれないとも思う。「此方よりは隔て参らせぬ心ばかりを」などという件りは、現実の恋文にそっくりだからである。

それなのに返事の方は男性的というか、ややそっけない。なぜ疎遠になったのか、という問いに正面から答えてもいない。ある人が二人の仲を割いたのでは、というのは「あたらずとも遠からず」だと含んでおいてくれ、と。そして結局自分の「獣が前後を見かえらぬ」ような短気直情が原因であり、何度も仲なおりの手紙は書いたけれど手箱のうちにしまったまま。あまり深く詮索せず、とにかく仲なおりに遊びにおいで下さい。久々に心ゆくまで話しましょう。と。しかしなんだか熱のない手紙である。

一葉自身、友人の野々宮きくに次のような慰めの手紙を書いている。

明治二十七年三月頃　野々宮起久宛

過日は御光来被遊候よし之所、折あしき不在にて拝姿を得ず残念に存候。御久しかりしほどのさまざまは妹より承りとも涙にくれ申候。何事にもあきらめよき御気質なれば女々敷(めめしく)なみだに後来をあやまり給う様の事は万々あらせらるまじく存じ候えども、又折ふしの花紅葉につけてしずめ難きは人のおもいに御坐候。もらさせ給うままに少しはおこころのなぐさむわざとか万隔てなく語らせ給え。うきよの悲涙も少しはのみたる身に御坐候。月花のおかしき折のみ笑い興ずる友は誠の友かは喜憂ふたつながら手をたずさえてこそ友の本意には御坐候。（略）御まのあたり一夕御もの語いたし度を、くやしきは道の隔てに御坐候。御出京の御序もあらば御立寄のほど奉待候。何も意を尽さぬ文の上故、先はこれのみ。

かしこ

月よ花よと面白おかしく笑い興ずるばかりが友ではない。喜びの時と悲しみの時、二つながら手をたずさえてこそまことの友といえる。私も「うきよの悲涙も少しはのみたる身」だから、へだてなく悩みをお聞かせ下さい。ゆっくり会ってお話もしたいけれど道遠くて……。

この野々宮きくは一葉を半井桃水に紹介した人で、実は本人も桃水に思いを寄せていたようだ。一葉と桃水の仲をいいふらした節も見えるが、二人の別れにあっても一葉の側に立ってもっとも事情に詳しく親身な理解をしめしていた。彼女は明治二十五年、盛岡女学校で教えるため赴任していた。婚約したものの、不調で破談となったらしい。

彼女が婚約した時、一葉は下谷竜泉寺町で雑貨屋をしており、「厘毛のあらそいに寸の暇もなく火宅のやどにうごめき居候」というなかから祝いの手紙を送っている。

「追々御日がらも近づかせ給いて何かと御せわしくいらせられ候」。

一家の戸主としてたやすく結婚できぬ一葉にとっては、うらやましいようなめでたい話がこわれたとき、一葉はこんな深く心を寄せた手紙を書いたのである。

〔あやまりの文〕

留守中来たりし人のもとに

人に誘われ候て、一夜泊りに江の島鎌倉をと珍らしゅう蝸牛のからを出候処、きのう立帰り留守居のものより聞き候えば、一昨日の午後、御車にて美くしき嬢さまおわしまし、御留守なるよしを申ししに、然らば又こそとて御立帰り遊ばされしが、御土産はこれとて美事の一折さし出し見せ候。この女、田舎の親類より下女代りにとおらせたるにて私宅にはまだ居る日の浅ければ、誰君さまをも御見しり申上ず。仰せおかれし御名前をさえいつしか忘れて、あまたたび首のみを傾け居り、見あげたる処御とし二十歳ばかり、御束髪に高う遊ばされ色白にて如何にも美くしき方と唯こればかりに候まま、私も考えつき候わず。編物おしえ参らせたる子爵の姫君二かたのうちか、然らずは例の参事官が御妹御かと、知れるほどの年わこう美くしき人を撰りては其御名申試むるに、否々さにも候わず候わずとて更に御人知れ難く、困じて其まま昨日は暮し今朝おき出でて嗽ぎながら、不図中庭に秋海棠のうつくしく咲るを見出で候まま、あわれ此花の優ることよ、なつかしくも有かなと独言候いしに、椽先近う箒をとり居し此女、あわただしき声をたてて、夫れより一昨日の御方はこれが名によく似たまえる成き、何かいどうとやらんと口疾く申候。さらば二階堂の君かと言えば、誠に其とおりと申されて、手にもつ楊枝とり落し打わらわれ候いき。二十歳ばかりとだに言わずは頓て御上とも思いつくべきを、嬢様と先いわれしかば唯としの若き人をのみ撰り出して問聞たるおろかさ、実に束髪に遊ばされなば人の親とも見えさせ給うまじく、此宿なる婢女が十九二十と思いしはあやまりにも非ざるべく候。斯くと知りしよりいとど御目に懸らざりし残念さ増りて、など稀々の御訪問に折あしき不在には為したりけん、取かえしがとう口惜しゅう思われ申候。賜わり物今ぞ水引をときて心安く頂戴、あり難く御礼申上候。さるにても万一ここもとに御用などにて御入りにはあらざりしや、御道も近からず御事多き御前様の例ならぬ御ありきはと考られ候まま、御詫び旁帰京の御しらせ申上候。急なる事にも候わば御郵書御つかわし下され度、御いそぎならぬ御用などにも候わんには何れ私近々に参上致すべき心得に候まま、其折御申きけ願うべく。とまれ御人さだかに成しを喜びて。

かしこ。

同じ返事

思いおこししように御門たたきしかば何事ありてかとの御尋ね、いささか用事のありてにも候わず。余り久しき籠りいに、少しつむりの悩ましゅうて家のこともうきに、幼なき者たち一日二日実家かたへ泊りに遣わし置候まま、此うちに平常の御不沙汰も御詫び致し度、一つには少し大路の風にも吹かれ度てのすさび、別しての事に候わねば御心安うおぼし召願上候。承れば江の島あたり御覧じにとおわしましたる由、初秋風に御袂をひるがえして貝ひろう浜の朝ぼらけなど、左こそ御心地よくはいらせられ候いけめ、御独栖の御気安さ斯るとき取わき顕われ申、御羨ましさ限りもなく候。ここもとなど右に左に取すがる者多ければ、遂いお友だちのかたがた御見舞という事もかなわず、時たま出れば車にての忙がしぶり、落つきたる事もなく候。つむりの痛ければ髪をときて例になき束髪に致したるを、娘のように見られしとや、十九二十歳は頓て我が子のとしに候を、御目違いも辱けなくて、此次参らん折何か御礼にてもあげ度を、彼のお人好物の品御しめし置下され度候。かしこ。

これは内容が実にユニークである。

久方ぶりに出不精の私が人にさそわれ江の島や鎌倉に一泊で出かけておりました。帰りますと、おとといの午後、人力車で美しいお嬢さまが来訪、奥様は留守ですと下女が申し上げると、ではこれをお土産に、とみごとな一折を下された由。この下女は田舎より来たばかりで、家のこと私の交際範囲が頭に入っていないので、何度も首をかしげてはお名前は忘れました、とにかく年のころ二十歳ばかりで束髪、色白の美しい方ですと申します。

ではこのごろ編物を習いにみえている某子爵の姫さまのどちらかか、でなければばかの参事官の妹様か、と年わかく美しい人を思いつくかぎりに挙げてみましたが、下女はいいえその方ではございませんとくり返すばかりでいよいよ困り果てました。

今朝、起きて、中庭を見て、「やはり秋海棠はきれいね、本当にどの花より見事ね」とひとり言をいいますと、庭先を掃いていたその下女があわてて飛んでまいりまして

「奥様、その方でございます。おといらした方は、そんなようなお名前でした。ナニカイドウとかいう……」。「では二階堂様か」と問えば、「いかにもそうでした」と殊勝に答えたので、私も手にもつ楊枝をとり落して大わらいしました。

だって二十歳のお嬢さまなんていわなければ、すぐあなたと思いついたのに。

日本髪なら既婚は丸髷、未婚者は島田、桃割、しかもその結い方でまた年の頃や身分、業界もはかられるが、このころになると鹿鳴館の洋装から束髪が普及し、年齢の見わけがつかなくなってしまう。

束髪に結ったら子どもさんがいるなんて見えなくてよ、下女が二十と見あやまったのも無理はないわ。久しぶりに来て下さったのに会えなくて本当に残念でした。みごとなお菓子は今、安心して水引きを解いてたしかにいただきました。近くもないあなたがいつにないご来訪、もしかして何かご用があったのでは。ともかく帰京のご報告まで。もしお急ぎの用事なら郵便で下さいませ。そうでなければ、近々私、おうかがいしますのでその時に。とにかくどなたかが分かって心のつかえが取れました。

返事する方は実はもうすぐ十九、二十の子がいる。昔は子の数も多いので、結婚すれば女の二十年ほどは「右に左に取すがる者多く」あっというまにすぎてしまう。お乳だ、ウンチだ、食べこぼしだ、兄弟喧嘩だと大騒ぎして外出の機会もない。この人は子育ての間のストレス解消に子どもを実家にあずけ、「大路の風に吹かれ」ようと人力車で外出しただけなので、不在だったことを気にしないでくれといっている。

人力車は明治二年、和泉要助らの考案。そういえば一葉は半井桃水のところにも徒歩で行き、帰りに車を呼んでくれる男のやさしさを「今日もみ車たまわりぬ」とうれしそうに日記に書きとめている。

手紙の女性は頭痛がするので、いつもと違う束髪にしたので未婚とまちがえられた。日本髪をしゃきっと結えば毛を引っぱり、なかなか頭が緊張するからである。だから昔の女性の多くは頭のてっぺんがはげていた。漱石『吾輩は猫である』でも奥さんが夫にハゲだといわれて怒る描写がある。ハゲルわ、油で固めて寝にくいわ、手間ばかりかかって衛生的にもよくないというので、「女学雑誌」や婦人矯風会などは「婦人束髪会」を結成して束髪を奨励した。

その髪形には西洋上げ巻、西洋下げ巻、イタリー結び、マーガレットや、日本風のおばこ、櫛巻、達磨返し、じれった結び（一名馬のシッポ）、兵庫結び、しゃこなどがあった。リボンは西洋小間物店で買ったり、きれで代用したという。そのうち柳橋に米吉という西洋好きの束髪洋装芸者が出現して人々を驚かせたりした。一葉は日記で、束髪は小さい子が前がみを切りそろえ、長くもない髪を赤いきれで結いあげたのがかわいいと評している。

ただ明治二十九年ともなると、鹿鳴館の欧化の時代からの反動で国粋の時代に入り、外務大臣主催の夜会ですら洋装は宮様方のみ、大方の日本の女性は白襟紋付、日本髪で出席したという記録もある。

人の家の盆栽を子のそこないつるに

唯今長太郎こと帰宅、守りにと附け置し竹の申候には、今日は一日目白様御厄介に相成り、さまざま面白く遊ばせいただき、御庭もいと広くいらせられ候に此お子喜びてと夫れまでは宜かりしが、さて御悪戯さま大事をし出し給い、御つき添いの私両手に汗をにぎり候いぬ、と始終はなし申候。さりとはさりとは以ての外の事、その旦那様つねづね御秘蔵あそばされ御丹精一かたならぬ御鉢うえの登り竜とやらん其葉の縞もなみならぬ万年青を、此暴れもの不図したる間にはしりより御花鋏のお椽にありしを取りて浅ましゅう切り刻みし由、はなしを聞き候にさえ驚きに口ふさがれ申さず、御立腹のほどいかならんと唯かしこまりて身の縮むように候。いかに年のまいらぬとて分別の無きにも限りあるものと、平常の躾まで思しやらせ給いて御さげすみや遊ばされん、思うほど御恥かしゅうて、面ぶせなる心地いたされ候。そなた附添い居りながら何故其ようのいたずらは為せしと竹にも小言を申し、長太郎にはもとより厳しく申聞かせ候えど、唯返事のみ好うして物の弁えあるべくも非ず。稚なきものという中にも斯る悪処作ならぬもあるを、など我が子のみと情なく思われ候。すぐさま御詫びに私罷出ずべきなれど、旅行中なりし良人こと此夕ぐれは帰京致すべく、出迎えは此処にてなど親類の誰れ彼れ集り参り候まま、何分にも出かねて文にての御ゆるし願上候。何れ良人とも申かわし、御心には適わぬまでも其葉に似たるをもとめいで、切めてはの御詫び申上度、旦那さまへの御とりなし幾重にもなし下され候よう願い上候。終日御厄介に相成しがうえ、斯る過ちをさえ仕出し候を御詫びの言葉も覚えられず候。かしこ。

同じ返事

誰れも一度はおさなかりしもの、悪戯は子達のつねに候。此方いまだに子は持ち候わねど、夫程の思いやりは無きにも候わず。何かことごとしゅう御詫び下さるまでもなく、増して代りをなどの御心配御無用に遊ばされ度候。あるじこと唯今役所より退出に相成候まま、有さま斯くと申つるに、長太郎殿のいたずらか、扨々子供の成長は早きものよの、此ほどまで未だ起かえらるる位と思いしに、鋏の自由利くように成しか、今の間に敏腕家など言わるるように成るべし、とて大笑い申され候。されば必らず御案じに及び候わず、よしなき御心づかい懸くるも侘しければ、旦那様御帰り遊ばさるるとも必らず御沙汰なしにと申進じ候。此ようの事気の毒などと思し召、また長太郎さま御遣しなきようにては此方淋しさ堪えがたく候まま、何とぞ変らず御貸し下され度願上候。何も右申上度て。かしこ。

これもあやまりの手紙。

近所の子のない家に、女中の竹を付き添わせて幼児を遊びに行かせた。女中はまたしても「竹」という名である。お庭も広く、いろいろ面白く遊ばせて頂いたのはよかったのですが、大変なおいたをして私、手に汗にぎりました、と帰って女中が申します。

登り竜とやらいう、ご主人丹精の万年青をうちの長太郎が縁側にあった花ばさみで、止める間もなく切り刻んだとか。その報告を聞き、驚いてあいた口もふさがらず、さぞかしご立腹のことと身が縮むようでございます。いかに年端もいかぬ子とはいえ、分別のないにもほどがあると親の平常のしつけの悪さまで見通され、さぞお見下しになることと思いまして、恥ずかしく思っております。お前がついていながら何ということを、と女中の竹にも小言をいい、息子にもよくよく厳しくいい聞かせましたが、返事ばかりよくて分かっているのやらいないのやら。小さくてもこんな悪戯はしない子もおりますのに、よりによってわが子は、と情ないことです。すぐお詫びに参上すべきところですが、旅行中の主人が今晩帰るというので、その迎えにと親類の者たちが集まっておりまして、何分出でかねますので、手紙でおゆるしを願上げます。どうか旦那様へもよろしく申し上げて下さいませ、なんともお詫びの申し上げようもない次第でございます。かしこ。

「身の縮むように」「面ぶせなる心地」など恐縮至極の状態を表わす。

万年青（おもと）は明治十五年ごろに全国的に流行した。物によっては一株数千円の高値をよび、あまりの過熱ぶりに、京都府はその投機熱に対し告諭を出したほどである。年の暮には大阪府でも万年青の禁令が出た。

返事は例によって物わかりよく親切。

誰でも子どもの時代があり、いたずらは子どもの常。私宅には子どもはおりませんがそのくらいの思いやりのない身ではございません。わざわざお詫び下さるほどのこともなし、弁償などのお気遣いは決してなさいませんように。

いま主人が役所より帰りまして、長太郎君のいたずらか、なんとも子どもの成長は早いものだな、この前やっと寝返りがうてるようになったかと思ったが、もうハサミを自由に使うとは、これは将来が楽しみだ、さぞかし〝切れ者〟と呼ばれるだろう、と大笑いしておりました。くれぐれもご心配下さいますな。いらぬお心づかいは味気ないのでお宅の旦那様がご帰宅になりましてもこのことは内聞に。またこのことで長太郎君が来てくれなくなるとさみしいから、変りませずときどき貸して下さいね。

勢いのある書き出し。子どもをわざとモノのように貸し借りするというユーモアが、両家の気安い関係を示している。

〔お礼の文〕

雇人の周旋を受けし人のもとに

御礼までに一筆申上候。このほど中は数々御手を煩わせ御迷惑のこと相ねがい、御蔭さまにていと好き人を雇入れ大助かりに御座候。年の若きに似ず物のくまぐま心づき、子供の世話もよく致しくれ候えば、幼なきものたち早く馴染て、彼女ならでは夜の明ぬように取すがり居り申候。はじめの御話しに、田舎ものなれば読み書きなどは出来ずやあらんとの御断りなれば、此方そのつもりにて居り候処、稚なき者たち学校より帰り来て復習すとて書物とり散らし、うろ覚えの処は抜かしなど早よみをするに、彼の女かたわらに有りて、夫れ夫れ其処はとの注意、もの知らぬどころには御座なく候。私おしはかるに高等小学卒業のみにも非ず、其上に必らずかたき字をも読みたる覚えあるべしと思われ申候。自身はつとめて知らぬ由をよそおい居り候えど、出来ることは疑いなく、これよりは私留守に致し候とも受取そのほかさしつかえも無かるべしと大喜びに御座候。勝手もと働く女子もとより居りしにて自然家内の様子に委しく、みずから威ばれるつもりも無きに候わんが物ごとに幅をなして新らしき身には愁らしと思う事もあるべきなれど、万事こなた心得居り候まま、必らず嫌気などを出し申さぬよう、此頃何か折を見て御もと様まで同人使いにさし出し候まま御申含めおき下され度候。今まで多く婢女もおき試み候えど、此度のほど親切にしかも温和しゅうて申旨のなきは覚えもこれ無く、何とぞ長く居りくるるよう致し度、かかる人御世話下されし辱なさも申のべかたがた、前条願い上おき候。かしこ。

同じ返事

このほどの女子首尾よう御気に入りし由、いかがやと存じたるに斯くと承る喜ばしさ、末々御見すてなく御使い下され候よう願上候。読み書きのこと左もやとも思わぬにはあらねど、久しゅう田舎人に成り居りしかば、昔しは昔しとして親たちなど物学びまでは手の届かで捨て育ちにやさせつらん、若し出来るよしを申上候て、左もあらぬ時御いいわけなければ態と無学に申たてしに候。御文のこと彼の女御つかわし下さらば委しゅう語り、不心得のなきよう致すべく、尤長年苦労をいたしたる身に候えば、大かたの事には堪え申べく候。何とぞ御甘やかし遊ばされず、御小言などは御充分におおせられ、御家風相守るよう御躾け下され度、とし若なれば左は申せども、手ぬかりさまざま多く候わんに、御面倒は御覧下され候よう、当人に代りて願上候。かしこ。

これを読むと、昔は階級社会が厳然としてあったのだ、と胸を刺される。文例では旦那様、御前様、などが用いられているのに女中はただ「女」「彼女」とよばれ、「田舎者」とされる。その性質は親切で温和しく、よく気がつき、子どもにやさしく、主人に逆らわずにいわれたことをして、できるだけ長くつかえてくれるのがよい。さしずめ「大つごもり」のお峰の立場である。

東京では安房者といって千葉あたりからの女中が働きものとして重宝された。森鷗外の家でも安房出身の安という女中に鷗外が目をかけるので、最初の結婚の失敗にこりた母みねは「まさかあれでもいけまいが」といったことなどが知られている。

これは周旋業者（桂庵あるいは口入れ屋という。これは妾の周旋もするので、何か風俗的な趣きもある言葉）でなく、知人を通じて雇った女中の働きがよいと、紹介者にお礼をいっている。仲人と同じで、目が利く知人にたのめば身元の確かな女中が雇えるとされた。

田舎ものなので目に一丁字ない、との話でしたが、どうも読み書きができるようだ、という推測が面白い。子どもが家に帰って復習に教科書の朗読を抜かして読むと「あれあれそこは」などと注意するので、「もの知らぬどころには御座なく候」とびっくりしている様子が伝わる。多分、高等小学校だけでなく、も少し上級の学校へいったか、誰かに習ったかは知らないがかたき字、つまり漢字漢語も読めるようです。が本人はそ知らぬふりしているらしい。

雇った女中の意外な学識と、それを隠す子細ありげな感じと、しかしこれなら十分私の名代がつとまるという、思いがけない拾いものをした喜びと、なかなか複雑で想像力を刺激する手紙となっている。

返事。女中を気に入って下さってうれしいことです。できるだけ長くおいてやって下さい。読み書きについては、あるいはそうかな、と思わぬでもなかったけれど、長年の田舎暮し、もとはまあよい家の出なのだけどその後は親も放任で、そう学校も通わせられなかったようだし、先に申し上げてお宅様に期待させて、もしそれほどでなかったらと、わざと無学者とふれ込みました。

こんどそちら様まで使いに出しますので、いろいろ説しい含めてくれ、という依頼を快諾し、長年苦労した女ですから辛抱はしましょうが、「とにかく甘やかさず、しっかり叱って、御家風を守るようにお躾け下さい」と、これまたいい年をした女性を雇うには少々、人権無視に思えるようなことを書いている。

昭和三十年代、十五坪ほどの私の家にも「カツや」という女中さんが同居していた。農家の口減らし、都会で嫁入前の家事の修業をさせるということで、大した給料ももらえない女中さんは近所中にたくさんいた。おなべ、おさん、ともよばれた女中はやがてお手伝いさんと呼ばれるようになったが、彼女たちの姿はいつから町に見えなくなったのだろう。

〔招きの文〕

法事に人を招く文

明後十八日は亡父こと、一めぐりの忌日に当り申候まま、心ばかりの法会相いとなみ、旧くよりの御知人に御集いを願い候て、粗末の御湯漬などめしあがりながら昔し物語をもなし下され候わば、仏もいかに喜び候わんと文して御入のほど願上候。態と調えさせしむし物一重粗茶一箱相添え奉り候。御受納下され度、当日はかならずと待奉りて。かしこ。

同じ返事

御文一通ならびに御志の二品拝受申上候。おもえば月日は早きものに候かな、いつしか御父君御一週忌にさえならせ給うこと、唯々夢とのみ思われ候。此方はるかに御年よりは上なるを、斯く生残りて今日に逢うこと、誠に定めなき物に候。御志厚き御法会のむしろに御招き下されし辱なさ、晴雨ともかならず参上致すべく候。老ては涕もろにて此御返事したたむるにも斯く紙のぬれ渡り申候。墨のにじみ御ゆるし下され度。かしこ。

非常に簡潔な法事の文。このまま現代でも活用できよう。

少し丁寧なうちだと初七日、十四日、二十一日、二十八日、三十五日、四十二日、四十九日と七日毎に法事を行った。そのあと一周忌、三回忌、七回忌……とつづくのであるが、ここでは一めぐりの忌日である。お坊さまを呼んでお経をあげてもらうささやかな法事を行うので、お湯漬などめしあがりながら故人をしのんでほしい。仏もさぞ喜ぶでしょう、と先に蒸し菓子と茶を届けている。葬式、法事というと饅頭に茶というのはいまも変わらない。しかし法事の回数はめっきり減り、両親の回を重ねていっぺんに行うなどの便宜も行なわれている。

余談になるが、上野の岡埜栄泉だったか、大変に繁昌する餅菓子屋が、大きな葬式・法事の前に夜明しでたくさんの饅頭をつくり、運び込むのは大変だというので、いいアイデアを思いついた。饅頭券というのを主催者が配り、店に行けばいつでも饅頭と引き換えられるようにして好評だったという。

さて招かれた方はお年なので、月日の去る早さを嘆き、年上の自分の方が生き残って一周忌に参加するのは思いもよらぬ運命だと述懐する。老いて涙もろくなり、返事をしたためるにさえ、このように便箋がぬれ、墨がにじむこと、お許し下さいませ、とあるからには、故人の姉、または従姉(いとこ)であろうか。

法事とは昨今、面倒臭いものと思われてはいるが、考えようによれば、老いた人々にとっては亡き人に託して自分のゴールデンエイジを語る場であり、忙しくて会う暇のない若い人々にとっては一族再会しその歴史を受けつぐ機会といえる。

一葉がじっさいに書いている法事の招待状は次のようなものである。

明治二十八年七月九日　西村釧之助宛

前略御ゆるし願上候。陳(のぶれ)ば来る十二日、亡父則乗院七年忌に付、麁末(そまつ)のむし物御覧にいれ度、猶十一日逮夜(たいや)にはこころ斗(ばかり)の茶飯(ちやめし)さし上度候間、御都合にて例の御帰がけにも御たち寄なし下され候よう願上候。　かしこ

一葉の父則義は天保元（一八三〇）年生れ。八丁堀同心の株を買って幕臣となり、維新後は東京府の役所勤め、そののち、事業に手を出したが、うまくいかず、明治二十二年七月十二日、没した。戒名は則乗院釈義道居士。一葉には兄が二人いたが、長兄泉太郎は二十年に没し、次男虎之助は親に背いて家を出、薩摩焼の絵付職人となっていた。姉のふじも久保木家へ再嫁していたので、一葉ことなつは明治二十一年、父の生前に相続戸主となっている。この手紙は戸主一葉が父の七回忌を行う知らせ。逮夜とは仏事を営む前夜のこと、茶飯を出したことが知れる。

〔お見舞の文〕

試験に落第せし人のもとに

きょう御下男の藤助どの、此処の門をば通られ候まま呼こみて御様承れば、何とはなしに物歎かわしゅう思し召、大かたは御部屋の内に計おわしますとや、平常うち気の御前様、この度のことを御心にかけられ沈みおわしますこと御道理には候えど、試験の及第のみが御名のほまれと申すにもあらざるべく、御平常のことは知るほどの人しりぬべきに候。かかるささやかなる事に御心いためられ、御病気にても引出し給うようにては、ゆくゆく六ずかしき世の中をいかに渡らんとか思しめす。此は唯御足もとに小さき石の転べるにひとしく、御躓きはありたりとも御進み遊ばさるるに何の大事か候わん。若葉の梢すずしげに、春はきのうの森の下露、いと心地よき昨日今日を左る御籠居に暮し給うは、何よりも何よりも有るまじき事と申上候。御両親さまとても此失敗のつぐのいには身に病いをもうけて心配させくれよとは仰せらるまじく、御恥かしと思し召は御前様御平常よりおしはかりても御尤に思いやられ候えど、此日頃の御挙動は此方うけ難き事に候。相成るべくは此失敗を彼れにかえて一層の御勉強、この次には目ざましき事をと此様のおぼし召願度、たれもうき世に過ちなき者は候わず。此方、御前様より少しも年の数多ければ、夫れだけに過ちの数も候。歎きつ悔みつ思いかえしもしつさて追々と進みゆく事と存じられ候に、左のみは思し屈し給わで御立出も相成度、こなた庭の面に老鶯のさえずりおかしく、藤もようよう景色みえ初候間、一日おわしまして御茶めしあがり、御気ばらし遊ばされ候よう、何も年上の申すことなればと御用い相成度候。かしこ。

同じ返事

御ねんごろの御文有がたく御礼申上候。人々よりもさまざま叱かられつ慰められつ、今少し心を広う持て此次の度を心がけよと申され候まま、成ほどと思いかえし、昨日今日は此過ちを左のみは心にとどめおかず、至極気楽のつもりに候えど、何か外に遊ぶはものうきようにて、唯此部屋のうちの好もしきに候。花のさかりは試験に暮し、若葉のかげには此ようの思い添いて立出るに憂ければ、桜に縁のなき年とも申べく、藤つつじの盛りも過ぎなば、田舎の親族かたへ二月三月参るべきつもり、扨少し此失敗の取かえしをと考え居候。遊に来よかし話しもして聞かせぬべきとの御仰せ嬉しけれど、人様に御目もじする事いかにもいかにも愁らきようにて、相成るべく逢いまつらじの心に候間、我ままのほど御恥かしく候えど御見ゆるし置下され度、今御詫び申上る折もあるべくやと唯かしこまりてのみ。かしこ。

身につまされるなぐさめの文。けさお宅の下男の藤助どのがわが家の前を通りかかったので呼び止めて聞いたら、あなたがおへやにこもってばかりいらっしゃるとか。試験の落第とむきつけに言わず、「この度のこと」といっているのもゆかしい。悩みに対する慰めの文とは別の説得理由を考え出すことである。

試験の及第のみが名の誉れではない。

平常の学力は知る人は知っているから恥ずかしく思う必要はない。

ストレスで病気になっては元も子もない。

その程度の弱気でこれから人生の荒海をどう渡ろうというのか。試験の落第は足もとの小石につまずいたようなもの。前に進むのに何の大事もない。この若葉のすがすがしい季節に家にこもってばかりいてはいけません。ご両親様もこの失敗のつぐないに病気をして心配させよとはよもやおっしゃいますまい。失敗をバネにし、一層の勉強をし、次のチャンスには目ざましい成果を見せようと考えてほしいものです。あやまちのない人はいません。私もあなたより年の多い分、それだけ失敗の経験も多い。きっとあなたも嘆いたり後悔しながらも立ち直って前進することとは思うけれどもとにかく、そんなに籠ってばかりいないで、気散じにおいで下さい。庭には藤も咲いてますよ。老鶯がなかなか渋い喉を聞かせてますよ。

返事。おやさしいお手紙ありがとうございます。みなさんより、いろいろ叱られたり慰められたりしながら、も少し心を広くして次に向かおうと思ってる所ですので、お言葉身にしみました。試験の失敗についてはもう冷静に気楽に考えられるようになったのですが、まだ外に出て遊ぶ気分になれなくて、部屋の中にいる方がいいんです。考えてみれば花の盛りは試験に暮し、若葉のころにはこんなことで外出もままならず、今年は本当に桜に縁のない年でした。藤つつじの盛りも過ぎたころ、気分転換に田舎の親戚へ二、三カ月参ろうと考えています。折角のご好意うれしいのですが、今は人様にお目にかかるのさえつらくて、できるだけお逢いしないことにしています。我ままのようですがどうかご理解下さいませ。かしこ。

試験などということは、学校教育をあまり受けていない一葉にはピンと来ないことであったにちがいない。しかし「琴の音」「花ごもり」「暗夜」「大つごもり」と次々に「文学界」に発表した一葉は、若き「文学界」同人のアイドル的存在となり、馬場孤蝶、平田禿木、星野天知、島崎藤村などが丸山福山町をしばしば訪れる。

明治二十八年五月十五日の日記に「馬場君来る。しけん第一回首尾よし」が見える。二十一日「たれかと見れば、孤蝶子。きのうのしけん、首尾よく行たりし事今見て来たりぬ。少しも早くしらせんとて、かくはいそぎ来つるとうれし気のそ振、共に共にうれし」。二十六日、「平田ぬしも、首尾よくしけんの及第したるよし。（略）うなぎ取よせなどして、人々にまいらす」。

紅顔の美少年たちの試験及第をわが事のように気にかけ、喜ぶ一葉がいる。それをふまえて、若き人の試験をめぐる状況を描き得たのではあるまいか。

不縁に成し人をなぐさむる文

小雨降くらして、いと物のつれづれに覚えられ候。おさなき御方はおとなしゅういらせられ候や。御媒妁人とは申せ御親族にもあらぬ家にかかりおわしますなれば、御心づかいいか計にかとおし量られ申候。かかる御子さえいらせらるるを、唯に思し捨てて顧み給わぬ旦那様御心根、ここにて承るさえ情なき事と存じれ候に、増して御心のうちいかならん。必竟は例の鉱山のこと、御心にも適わざりしより御煩悶のやるかたなく、世はいかさまにもなれ、子も妻も我れには不用ぞ、唯ひたすらに飲むこそよけれの御乱暴とおぼしく、左は申せども御道理のなきには候わず。やがては御夢さめて更に御上恋しゅうも成り給いぬべく、今唯今こそむずかしゅうもあれ御迎えの参りぬべき事極まれるに、暫時の憂さぞと忍びおわしまし、いかなる事にも御気落など遊ばされず、其御子様御大切に御養育いらせらるるよう致し度、この降雨につれづれいかがやと思いやり奉りて心計を文し上候。此一重めずらしからぬ物なれど、稚なき御方のお慰みにもと御覧に入れ候。何も時機に候えば、廻り来ん折を待給え。かしこ。

同じ返事

今稚なきは膝に寐入て、一層軒ばの雨の音淋しく、縫物するも物うければ畳紙は開きながら針箱も押やりて、独益もなき物おもいを続け居りしに候処、あわただしゅう人の駆け来て、御使いのありという、誠に昨日今日肩身の狭き身の上なれば、奥に客来の賑わわしき事ありとも、此方は唯々よその祭りと見るばかり、家内の人にさえ左のみ詞もかわし申さず、増して文などの参ることいと稀なるに、思いがけぬほどの御使いは若し誤りにはあらぬかと疑わるるまで嬉しゅうて、何か以前の身に立帰れるようの心地いたされ申候。御文くり返し拝見、きょうのつれづれ思しやらせ給いて、おさなき者へと御心入れの一重、目さめなばいかに喜び候わん。此児よろこばせ給わる方は今日此頃の大恩人に御座候。これが少しも皺面をつくりて嫌々など申出し候時は、慰むる言葉も尽きはてて、人見ぬ折は共泣きに候。仰せの通り彼の鉱山のこと無かりし前は左のみあらあらしゅうも無き人に候いしを、生れかわりしようの夫の乱行、一つは私万事に心のとどかねば機嫌のとりよう宜しからぬにや候いけん、身には何事の罪ありとも覚えねど、家風にあわぬと申さるる詮なさ、千たびの詫びの甲斐のなくて、今斯く中空のように此家の世話を受け居り候こと、誰れやらが言いし女子の宿世の浮きたる事、まことに思いしられ申候。あの人あのようの性質にもこれあり、一度申出したるを更に引かえし申ことならねば、取あやまりても再度かしこへ迎えらるるは叶うべきに候わず。今国もとより兄にまれ誰れにまれ引取りにとのぼられ候わば、私は此児を引つれ立帰り、田舎人に成りぬべきに候。さても猶春秋の折々おぼし出で給わば、御訪わせ下され度、田舎の家にも父母なきに候えば物ごといかに心憂からん。これよりの幾年、此児が成長せんまでの苦をおもうに、唯々胸のいたく候。されど此様のことども、結局は愚痴のくり言にて甲斐なき事を打歎くは、お恥かしき心の底を打わるようの物に候。御聞流し下され度、これよりは凡ての事を忘れはてて、此児の養育専念につとむべく、此児をば貰い得られしを幸いとして他には何も思うまじく候。されば此地にあらんほどは更なり、田舎ものに成りぬるとも折ふしの御心添え、何とぞ何とぞ願度、あまり思し召の嬉しきに用なきことまで御聞に入れ申候。御使い何処やらまでとは参らるるとて文箱さしおき去なれしを幸い此ようの長手紙、あとさき揃わで御判じがたくや、いと御恥かしゅう候。

かしこ。

明治のころは離婚のさい、妻は子どもを置いて去るのが多くの場合であったが、これは子を連れて媒妁人の所へ身を寄せた友達をなぐさめる手紙。離婚問題が起ったとき、親兄弟より先に媒妁人の所を頼るのが明治らしい。

夫たる人は鉱山の発掘に賭けたがうまくいかず、事業の失敗を酒にまぎらわせ、妻に暴力をふるうまでになったらしい。よくある話。

いつかご主人が正気をとり戻しあなたを恋しく思う日も来るでしょうから、いまが一番むずかしいけれども、辛抱が肝心。どうか気を落さず、子どもの養育第一になさいますように、こんなじめじめした小雨がつづいては気持も落ち込みやすいので一筆したためました。めずらしくもないものですがお子さんのおやつにと一重。

こういう手紙は貰う方はさぞうれしく励まされたことだろう。明治の離婚は女性が自立や自由を求めてのものは少なく、また女性側の姦通(姦通罪は昭和二十二年、刑法改正で廃止される。)による離婚でもない。多くの場合、妻は夫の事業の失敗、家運の衰微、飲む打つ買うの道楽の果ての暴力に悩まされ、有責者ではないのにやむを得ず家を出たのである。

いま子どもは寝ついたところ。軒にあたる雨の音もさびしく縫物をするも、もの憂くて、畳紙は開きながら針箱をよそに、一人物思いにふけっておりました。そこへお手紙が到着。厄介になっているお宅で何かと肩身が狭く、賑やかなお客もあって、ことば少なにしておりました。「よそのお祭り」さながら別世界のことのような気がして、家内でもことば少なにしておりました。まして手紙が私宛に来ることなど少しものぞみなく、世に忘れられた身をはかなんでおりました。

本当に私宛に手紙が来るなんて、何かのまちがいじゃないかと思うほどうれしくて、また昔に立ち戻った心地さえして、くり返し読んでいます。

子どもも目をさましたらこのお重、どんなに喜ぶことか、この子を少しでも喜ばせて下さる方は、今の私には大恩人です。この子が機嫌が悪くて何してもイヤとむずかるときは、子を抱いて二人で泣いています。

おっしゃる通り、あの鉱山の件の前はあんなに荒れた人でもなかったのに、あれから生れ変わったような乱行は、私が万事ゆきとどかず、夫の機嫌のとり結び方が下手なためだったからでしょうか。自分には何の罪もないと思いますが家風にあわないといわれれば申し開きも立たず、いくらお詫びしてもそのかいなくて、もうどうしたらよいか宙ぶらりんの状態でおります。

「女子の宿世の浮きたる事」。これぞ一葉の思いであろう。女性が自分の意志と力で世に立つことはほとんどなく、水に浮ぶ小舟のように波のまにまに生きていた。「女三界に家なし」といい「家にあっては父に従い、嫁しては夫に従い、老いては子に従え」という三従の教えがまだ生きていた頃である。一葉とても父の没落と死によって貧困に落され、戸主であって結婚もままならず、筆一本で立とうとして悪戦苦闘した。ジェイン・オースチン『自負と偏見』や『分別と多感』を読んで、中学生の私は、なぜ女がかくも身分と財産を持つ「よき配偶者」を得るために汲々とするのか、馬鹿らしく悔しく思ったことがあるが、明治の日本の娘たちも、その幸不幸、浮き沈みはまさに配偶者次第だったのである。

この夫は一度言ったことを撤回するのが嫌いな性格なので、迎えに来るとは考えられない。鉱山にかかわってから夫の気性が荒れたとのこと、この主人公は子どもを連れ田舎に帰ろうと思うが、すでに父母はなく、兄の代になっている。その廂の下を借りるとしても、子の成人までの幾年、肩身のせまい思いは覚悟せざるを得ない。それでも、子どもを手放さなかったことを幸せとして、とにかく養育専念につとめるのでご支援下さい、と結んでいる。けなげな手紙である。

愛子をうしないし人のもとに

弥太さま御こと、小学校への御筒袖姿いさましゅう見あげしはきのうと思うに、御俄なるさまにて、彼の唱歌の御声またとは伺いがたきこと、思えども御いとおしく候。大路を行きて同じほどの大きさなるが、何時もめされしようの八丈の羽織など着て物のかげより走り出るを見れば、ややと声もかけつべく、思いかえしてはおわさぬ成けりと知る時、涙ただこぼれにこぼれ候。何ならぬ私だにあるを多くの御中に唯一人御男にて御覧じたるなれば、さして御寵愛深うおわしまし、葛飾の御田どころ幾町とやらんは彼の御子様御料にとおぼし置、末々御分家の上は御夫婦ともその御後見にと御取きまりも有し由、我れは農学士に成りて処処の開墾をなし、父様御宿志をもつぎ、兼ては軍人に成りて勇ましき功をたて、金鵄勲章をば此むねにかくるのなりと大威張遊ばされしこと、御子たちの常なる豪傑ずきのみならず、真に御名をあげ給わん思し召、学校の御つとめぶりにも顕われて、いと頼母しく存じいしを、斯るさまの御口惜しさ推量にも余り候。御葬儀の折、御見おくりにと罷出しに、御父君は唯ものに驚き給える如く、御弱りともなくて夢心地のようにいらせられ、御前様は御平常の御病いにも障らせ給える由にて、御床のうちに伏し居給いしさま、見参らするままに堪えかね申候いき。御尤なる御力落しは千たび申すとも尽くまじゅう、忘れ給えと申上るは近頃失礼の言葉かと此方思い居り候えど、左りともひたすらの御追慕に御病中なる御身をも厭い給わず、雨風にもささえられ給わで、時には日のうちに二度までの御墓参り遊ばさるる由、そは却りて仏の御為にはならせ給うまじく、かつは御身の大事に候。残らせ給える御娘たち御一人は御縁さだまり給いぬとも、それよりの御次々いと多くおわすなるに、此御歎きに身も弱らせ給い、何事も捨ておわしますようにては相成らず、弥太さま御大切成りしはもとよりなれど、嬢さまがたに思しかえて御身の御保養相成度、この方のように一人の実子もなく成しものさえあるを思しやらせ給いて、此事の御あきらめ相成度候。父君はようよう御平常にと承れど猶いかさまにや御老体に候まま、殊に御大事にと存じ上候。私かねて一人子を失ないし其悲しびに思いくらべ、唯今の御さまいかにやと推量られ候まま、斯くは文し上候。さりながら歎かせ給うなとはえ申上がたきものに候。かしこ。

同じ返事

葬送の折および喪中の御尋ねまで頂戴いたし、御 志 ありがたく、少し心地よきさまに候わば、御礼の文をもさし上度と存じながら、何か筆とる事など物うくて思いながらの失礼に候。今朝はふりはえ御ねんごろの御書まことに仰せの通りの朝夕、余りおろかしゅう取みだしたるさま、心は闇にあらねどもと御憐れみ下され度、おもえば御もと様、御一人子を失ない給いし当時の御心いかなりけん。此処には娘たちもいと多し、総領の方には今孫さえも出来んとするを、何を不足にしてと我れながらたどられ申候。取わきての寵愛といわんはおかしけれど、老後のなれば唯可愛ゆくて、御恥かしき事なれど、あの色黒を手の内の玉とかしずきしに候えば、長くだに煩らわで唯三日がほどのくるしみに、看病を尽したるも充分ならぬ心地のみせられ、天狗などの来てかきさらい行しが如く思われ申候。日ごとの寺参り、これこそは物狂いの処為と家内のものにも止められ候えど、何か此部屋かの部屋かたみの処のみにて、其障子のかげよりや此ふすまの彼方よりや、不図たち顕われて母様と声かくる事もなど、果敢なき事を考え申、しずかに居るは堪えかね候まま、思いたちてはやがて出申に候。父は流石に男なれば、あの両三日こそあれ、昨日今日は左のみ口にも申出さず、私のいい甲斐なきを意久地なしとて叱り居り候。さりながら今日は此お返事これほどにも物とりまとめ認め得られ候えば、今もと通りにかえるべく、いかにも淋しさの堪え難きに、中々なき人の上をかたれば、心なぐさむ心地に候まま、御暇ならん折、御訪わせも給わらば辱く、御礼ながらの御願いを申上候。かしこ。

逆縁、すなわち自分の生んだ子に先立たれることより以上の悲しみは、人の世にないであろう。

二十四歳、わが子を持ったことのない一葉がよくその心理を理解して書いている。昔はいまと違い多産多死の時代、〃七つ前は神のうち〃というほどで、大切に育てても夭折が多かった。三歳、五歳、七歳、ようお守り下さいましたと神さまに感謝する七五三の祝もすんでお宅の弥太郎さんも学校へ上り、筒袖、縞の着物で大きなカバンをかけて学校通い、元気よく唱歌を歌っていたさまなど思いうかべれば、この容体急変で亡くなったなど、信じられません。大通りで似た年頃の子が八丈の羽織など着て、かげからひょこっと出てきたりすると、同じような着物を着てたなあとただ涙がこぼれにこぼれます。
大正の始めの下町の小学校の卒業写真を見ても、洋服の子は一人もいない。みな絣の筒袖で、寒い冬はその袖口でよく青鼻汁をこすり、そこがてかてかに光っていたという。

弥太郎は女姉妹の中の一人男の子で、両親のかわいがりよう尋常ではなく、大方、葛飾の地主なのであろう。

あの辺は河川の低湿地で米どころ、田の幾町かは弥太郎に相続させ、ご本人も農学士となって付近の開墾もしようとか、軍人になって金鵄勲章をもらうんだとか張り切ってましたね。それも単なる強がりでなく、そのため学校の勉強もがんばって末頼もしく、楽しみにしていたのに、ご両親様の口惜しさいかばかりかと思います。

御葬式でお父さまがなんだかまだ信じられないことのようにぼう然としていらっしゃり、あなたはまた持病にさわって横になっていらっしゃるし、千度お悔み申し上げたってこのお力落としをなぐさめはできません。忘れなさい、などというのは失礼ないい様かもしれないのですが、とにかく雨風何のそのと、時には一日に二回もお墓参りに行くなんて、それはお体にさわり仏様もかえってよろこばれないでしょう。

この女性の娘たちのうち、すでに総領娘には孫が生まれるところ、一人は縁談が決まったが、残りたぶん数人いるのであろう。まだ次々と嫁がせる大変なときなのに、亡き男の子一人のことを考えていてはいけない、というのだ。父親の方は「御老体」だから大事にせねばといっている。

平均寿命の短い時代というのに、子どもが一ダースもいるのはザラで、女はしばしば十代から四十代まで子どもを産みつづけた。その夫がそれより年上だとすれば、末っ子が学校に上るころ六十、七十歳ということもあった。

返事する方は、一人子を幼なくして失ったあなたのお心を思うと、私など何が不足かといわれてもしかたがないのだけれど、年がいって生れた子なので、あの色黒のチビを掌中の玉ともかわいがっていたのです。あんなにあっけなく逝ってしまうとは！ たった三日しか看病できなかったのも心残りで、なんだか天狗が来てさらっていったように思われます。障子のかげやふすまの向うからふっと生きて現われ、かあさま、と声をかけるんじゃないかと、そんな幻を見るくらいです。

子を失った親の情が切々とのべられ、とても実用書簡文とは思えない。

火事見舞の文

唯今、出入の植木や参りて、昨夜御ちかくより出火の由かたり申され始めて承知、おどろき入りて御見舞申上候。うけたまわれば御裏町より出火、ときの間に表までもえ抜け候て、さしも数奇をば尽し給いし御茶室よりはじめ、御庭の樹木御母屋まで半は烟にならせ給いし由。いかなる事ぞ、此方区内の鐘は更に更に打ち申さず、其事ありしは夢にも存じ申さざりしかば、今まで人をも奉らざりしこと深く御詫び申上候。御老人さまもおわしますなれば、御心配いか計にか候いけん。先はみなみな様御怪我もなく御立退き遊ばされしを、御嬉しき事に存じ上候。何も取あえず重の内ならびに酒一樽もたせ上候。午後よりは私うかがうべきに、此宿にて御間に合うべき御品物なども候わば御遠慮なく御入用おおせつけ願度、くれぐれも昨夜うかがわせざりし御詫び申上候。かしこ。

同じ返事

御叮嚀の御見舞ありがたく、人々うばい合う計にして頂戴大助かりに候。御存じなかりしは御道理、ただ手のひら計やけたるに候えば、近き処の親族などさえ未だ参らぬが多く候。此方倅申すは、今少し大火にもあらば焼け栄えもあるべきを、竈の中ばかりの火にて大騒ぎをしつる残ねんさと口惜しがり居申候。庭廻りより母屋まで大かたは焼うせしに、同じく残れる処もつきくずしなど致したれば、形のあると申ばかりに候。蔵二つは目ぬり早くに手の廻りて、幸い無難に候まま、仰せ下されし当用のものにも事を欠くまじく、未だ何事も手を下さず候えば、其ほど調べもつきがたけれど、あたう限りは取納めたるつもりに候。御安心下され度、先は御礼のみを。かしこ。

火事と喧嘩は江戸の華といわれたくらい、関東空っ風の中に建て込んだ木と紙の江戸の町に火事は多く、二百六十年間に実に千六百件、大火だけでも九十件にのぼるという。明暦・明和の大火は有名だが、明治になっても町に火事は多かった。

火事というと火の見櫓の半鐘がジャンジャンジャンと付近に知らせたもの。この手紙の主の住む区では鳴らさなかったので、昨夜の知人の火事を知らずに見舞が遅れたことを申し訳ながっている。植木屋から聞くところによれば、裏町から出火して、あっというまに火が表に抜け、茶室と庭の樹木ばかりか母屋の半分も焼けた由、大変でございました、と見舞のお重と酒一樽を持たせた。

なぜ火事場に酒が必要なのかはよくわからぬが、おそらく、救助に当った人足へのふるまいか。いまだに町では近火見舞に一升びん二つの首をゆわえたのを持ってゆく。

お年寄りもいらっしゃるし、どのくらい心配なすったことでしょうか、とにかく怪我もなく立ち退いてよかったこと。必要な品があれば遠慮なく仰せつけて下さい、という。

返事。ご丁寧な御見舞の品ありがたく、みな奪い合うようにして頂き大助かりでした。当方、焼けたのは「手のひらばかり」で、近くの親戚もまだ見舞いに来ぬ人が多く、息子も、もう少し大火なら焼け栄えもしように、こんななかまどの中ほどの火では大騒ぎのしがいがないなどと申しております。とはいえ、庭回りから母屋まで大方焼け失せて、残った所も延焼を防ぐため壊したりしたので、まともにのこっているのは蔵二つのみ。蔵には火が入らないように早くに戸前を塗りふさぎましたので幸い中の物は無事でした。おかげで当面必要なものは間にあいそうで、まだロクに調べもしてはおりませんが、できる限りはそこに納めたつもりですからご安心下さい、と被災者でありながら相手を気づかっている。

地震見舞の文

一昨十五日の夜の地震は、東京もいつよりは時間少し長く、戸外に走り出でし人など無きにはあらざりしが、棚のものだに落ぬほどなれば、左までの事とも存じ申さず候いしに、今朝ほどの新聞にて見候えば、さてさて御地のすさまじかりしこと、地もさけ、川もあふれ、潰れ家怪我人数しれず、夜より朝にかけて震いし数は五十度、今も猶折々の小さきは絶るまなく人々野宿して安き心もなきよしと御座候。御家あたりは場所がらいかが候いしや、同じ町といえど処によりては左までにあらぬもあり、多くの中に唯一構えつぶれ残れる家もあり、など書かれたるは其御幸福のうちなれかしと祈られ申候。御様子承り度、さしいそぎ文奉り候。かしこ。

同じ返事

おそろしき夢のまだ覚はてぬ心地にて、有さま委しゅうもしたためあえず、大かたは東京の新聞にて御推量りの通開闢以来と一と口に申候えど、見ぬ世は知らず、我々とし若きものたちが、目にも耳にもいまだ見聞きおよばぬ大事に候いし。時は夜は十時ごろにや、良人は役所よりの調べ物たずさえ帰りてともし火のもとに繰かえし居り、私は其処より二間隔てし小さき部屋に子供寐かしつけ何時ぞや御送り下されし何がしの雑誌よみ居しほどに、怪しゅう海嘯のよするように物すごき音のするを、何ものとも存ぜずながら児かき抱き立あがりしに、良人は奥より声をかけて燈火に心づけて表に出よ、地震はすさまじきぞと申さるるに、早何事も覚えずらんぷを吹消して足袋はだしのまま庭へと飛おり、物のあやうげなき垣根際にとたちたる時、其凄まじさは今も目に残りて、何とも申すに言葉なく候。少し心落つき候わば、有さま文し御覧に入るべく、此方住居は隣も近からず平屋づくりにて、屋後には竹藪など候まま中にては震いかた少なきにこれあり、壁の土を落し瓦の損じなどにて事すみ申候えど、此方つねづね日用の物かいに行く何がしの町は、潰れ家より火の出でて百戸の人家ことごとく焼うせ、顔見しれる人々の梁の下に成れるもあり、焼死せるなども少なからず、すべて思えば恐ろしき夢に御坐候いし。おおせの通り小さき地震は今も猶折々これあり、日のうちに二度も三度も箸もちながら駆け出るようのこと珍らしからず、人々物おじして風の音にも胆ひやし居り候。されど最早大した事はなかるべきよう、東京より出張の学士など申され候まま、先は御安心下され度、いずれゆるゆる文さし上べく、取まとまらぬ折からなれば唯事なきさま計を。かしこ。

　地震、雷、火事、親父といって、火事よりもなお恐いのは地震である。江戸時代、安政二年十月二日のマグニチュード六・九、震度六の地震が有名である。このときは焼死より倒壊家屋による圧死者が多かった。水戸の学者藤田東湖もこれで圧死した。

　明治二十四年十月の濃尾大地震の惨状を新聞で知った一葉は、「ことしは大地震の三十七年めということで危いという人もいる」と日記にそのことを記している。この大地震とは安政大地震のこと。

　この手紙では地震は東京ではないらしい。地方の知人にあてて東京から出された手紙である。東京では、いつもより長く揺れたので戸外に出た人もいるが、棚のものが落ちるほどでもなかった。が新聞を見てびっくり、あなたの地方では地が割け、川が溢れ、潰れた家、怪我人数知れず、夜から朝にかけ余震が五十回もあったとか。同じ町でも場所によってそれほどでもない家もあり、ほとんどつぶれた中に一軒だけ残っている家もあり、などと新聞が書いているのをよむと、どうかお宅がその幸せな一軒であってくれと祈るばかりです。

返事の方は地震に遭ったものの興奮を伝える。本当に開闢以来と一口にいうけれど、生れる前は知らず、若い我々にとってはとにかく生を受けてより一度も遭ったことのないような大事変でした。

主人はちょうど役所から調べ物を持って帰り、ランプのもとで書類をめくっており、私は二間隔てた小さな部屋で子どもを寝かしつけ、いつか送って下さった雑誌を読んでいましたところ、津波が寄せるように物すごい音がするのを地震とも知らぬまま、とにかく子を抱き立ち上ると、夫が火に気をつけて表に出ろ、すごい地震だ、と奥から声をかけました。とにかくランプだけ吹き消して足袋はだしのまま庭へとびおり、危くない垣根際に身を寄せました。そのすさまじさ、いまも目にのこっていますが、とても言葉になりません。

この人が助かったのは、

○隣家まで距離があって延焼をのがれたこと、平家づくりなこと。重い二階をのせた家ほど潰れやすい。

○家の背後に竹藪があり根を張って地盤がしっかりしていたこと。

などで、壁土や瓦が落ちたくらいですんだ。

じつは明治二十七年六月二十日午後二時東京でも大震があり、そのことは一葉の日記に書きとめられている。「我家は、山かげのひくき処なればにや、さしたる震動もなく、そこないたる処などもなかりしが、官省通勤の人々など、つとめを中止して戻り来たるもあり」。

この手紙ではいつも買物にゆく町の方の被害はひどく、潰れ家から火が出て百戸焼けたところもあり、梁の下で亡くなった知り人もありすべて恐ろしい夢のようだ、とある。

まだ余震がつづいて怖く、「二度も三度も箸もちながら駆け出る」こともあり、人々が風の音にも「胆ひやし居り」など、実感がこもっている。東京から地震研究の専門家が来てもう大した揺れはないだろう、とご託宣をのべるところ、いつの世も変わらない。

死去を弔う文

御父上様御こと、俄に御容体かわらせ給い、此暁に御かくれの由、唯うち驚きて夢とのみたどられ申候。此ほど御見舞に出し折は御気色次第におよろしく、召あがりものなど漸々進ませ給えるように承り、さて遠からず御全快の御事と御嬉しく存じつるを、如何なる事ぞ、十日の隔たりもなくて斯く成らせ給える、思えば御中なおりと申すの成りけん、さりとは今一度御目にかからぬを繰返し打歎かれ申候。御帯だにとかで明くれつき添い御いたわり入らせられし御孝養、その甲斐もなき事にて、御前様が御歎き申すも中々に御傷わしく存じられ候。さりながら御充分の御手当も尽させ給いし御後のことなり。斯るを浮世と思しめし、御悲しびに御身をそこね給わぬよう致し度、今は唯それぞれ亡き御方への御孝に御座候。御蠟一箱御霊前に御供え下され候よう持たせ差出し申候。今宵は私御通夜に参上いたすべく候えども、取あえず御くやみまで。あらあらかしこ。

同じ返事

父こと、病中より一かたならぬ御心配をくだされ、しばしばの御見舞かたじけなく、必らず癒りて御礼にと当人も申つづけしを、甲斐なきさまに成り候て夫れのみも残惜しゅう存じられ候。年には足らぬ処もなく候えど、未だ我々兄弟何仕出でたる事もなく子のつとむべき片はしをだに見せ候わぬほどに斯くなられつるを、飽かず情なく思われ申候。おおせの通り、唯しばらくの中なおりを、今全快の兆ぞと喜びいつる心浅さ、言い出れば限りもなき事どもに候えど、返らぬ事を今更の歎きは仏の為にもいとわろしとの御いさめ、実にと承られて思いかえし申候。仏前へと御志しの一箱かたじけなく、直ちに供え申べく候。よろず取みだしたるほどの御礼、委しゅうも陳べあえぬは、さる方に御見ゆるし下され度、

唯御請のみ。かしこ。

『通俗書簡文』最後の文例。相手の父親の死去を弔う文で簡潔である。いまでも使えそうだ。

お父上様、にわかにご容体変られ、早朝お亡くなりになったとの由、突然のことで驚くばかりで、夢なら覚めよと思われました。先日お見舞に上った折は、顔色もご様子もよく、お食事も進んでいるようでしたので、遠からずご全快の事とうれしく思っておりました。それが十日もたたぬうちにこんなことになりますとは、思えばあれは多少「持ち直す」というか、「小康状態」ということだったのでしょうか。それなら今一たびお見舞いに上るのだったと悔んでおります。それにしても帯も解かず寝もやらずのご看病ぶり、孝行をつくされたかいもなく、とお歎きになるのもまことにおいたわしいことですが、とにかく出来る限りのことをなさったのですから。これも一つの運命とお思いになって、悲しがってばかりおられてもお体にさわります。ご自愛こそが孝行かと存じます。ご霊前にロウソク一箱お供えするよう使いの者に持たせます。今夜は私もお通夜にうかがう所存でございますが、とりあえずおくやみまで、かしこ。

こうしてみると、「夢とのみたどられ」「繰返し打歎かれ」「中々に御傷わしく」などは、いまそのまま用いると時代がかって感じられはする。また、燃え尽きる命を宿命、浮世と感じてあっさりあきらめるという態度も、医療が発達していなかった明治の世を思わせる。霊前に蠟燭というのも、今はあまり見かけない。

返事の方も、見事なものである。

父の病中よりひとかたならぬご心配いただき、何度もお見舞までして頂き、本当にありがとう存じました。必ず癒ってお礼に上ると当人もずっと申しておりましたが、こんなことになりまして、それだけは心残りでございます。年齢からすれば早すぎるということもありませんが、私ども兄弟、やっと育って父に見せるべき実りも持たず、子の勤めも果たせぬうちに逝ってしまいましたのを我ながら情けなく思っております。おっしゃる通り、少し持ち直したのを全快する吉兆とぬか喜びしました浅はかさ、言い出せばきりもないことですが、もはや父は帰って来ず、今更歎いてばかりいても、仏のためにならぬとのご忠告もご尤もと思います。仏前のお志、ありがたく、すぐさま供えます。なにかと取乱しておりまして御礼も丁寧に申しあげられませんがどうかお察し下さいませ。とりあえず御礼のみ。かしこ。

「御霊前」は亡くなった直後でお通夜、葬儀などの日、そして四十九日が過ぎて納骨されると「御仏前」と香典袋も使いわけるのだと教わったことがある。死後四十九日間は、魂がこの世と来世の間をさまよい、まだ成仏しないのである。また不祝儀の袋はできるだけ華美でない質素なものがよく、中に入れる紙幣はピン札でなく、死去の知らせを聞いてあわただしく駆けつけた、との悲しみを示すため少し使い古しがよいのだともいう。この一葉の文では御霊前がやや尊敬語、これに対し身うちの者からは

「仏」「仏前」とやや謙遜した感じで使いわけているようだ。

例文は短いので、一葉がじっさいに書いたお悔み状を引いておこう。

明治二十三年十月十三日　古屋家宛

御書拝読申上候所、伯父上様御事、久々の御病気御養生の御かいもなく、御逝去被遊候趣き、一同ただただおどろき入候。さる御重体とは少しもぞんじ申さず、一度の御見舞も申上ず、母はもとより私どもに至るまで残ねんと申の外も無之（これなく）候。定めし十分御加養の上にはいらせられ候わんなれど、御一同様の御力落し、別而御祖母上様いかがいらせられ候やと御察し申上候。御仏前へ御供（おんそなえ）ものも申上度は山々に候えど、私宅も種々（さまざま）筆紙に申つくし難き都ごう御座候て、兄事とは当時別に相成、表書之場所へ我々三人住居（すまい）いたし居候次第ゆえ、万（よろず）心にまかせず、これは余り軽少にて御はずかしく候えど、誠の心斗ゆえ御供えもいただき候わば有難く候。母よりもくれぐれ御詫申上くれ候様申聞（きけ）られ候。かえすがえす御一同様後の御からだ御大切に被遊候様、ねんじ上候。何も何も取あえず御悔みのみ、余は後便と申のこし候。

草々かしこ

これも文範としてそのまま使えそうな心のこもったものである。山梨の母の実家の兄古屋利吉が六十一歳で亡くなったので、母の代りに一葉が書いたもの。「残ねんと申の外も無之(これなく)」「定めし十分御加養の上にはいらせられ候わんなれど」などに真情があふれ、父なきあとの女三人家族の手元不如意にて、多額の香典も出せないのを「これは余り軽少にて御はずかしく候えど誠の心斗ゆえ」と書いている。明治二十三年といえば一葉は満十八歳、その若さでこんな見事な手紙を書いたことに驚かされる。

唯(ただ)いささか

手紙を書く際の注意いくつか

以上、一葉の『通俗書簡文』からその半分ほどを抜き出し、手紙の書き方を学び、またその手紙が表わしている明治の時代背景について解説してきた。現代ではあまりピンとこないものや、長すぎる文例ははぶいたが、このほか「すみれの花を友におくる」「汐干狩に誘う」「娘の躾を人にたのむ」「雇人の逃亡を知らせる」「注文物の日限おくれを良人に代わってあやまる」など、興味深い設定の文例がある。

『通俗書簡文』は大判和とじの本で、表紙には大昔の女人のような絵が描かれている。巻頭に高位の人の題字や題詠があるのは、本を売るための権威づけらしい。そのあと一葉の手蹟による前書き、博文館側の意図がのべられる。さらに富岡永洗による手紙を書く女の色刷り木版が折りたたまれて入っている。本文中のコマ絵は鏑木清方のものらしい。しかし表紙には著者の名前もない。凡例に「本書本欄は閨秀小説家として有名なる、一葉女史樋口夏子君の編する所」であり、「君がその創作に用うる材を藉

『通俗書簡文』初版本表紙

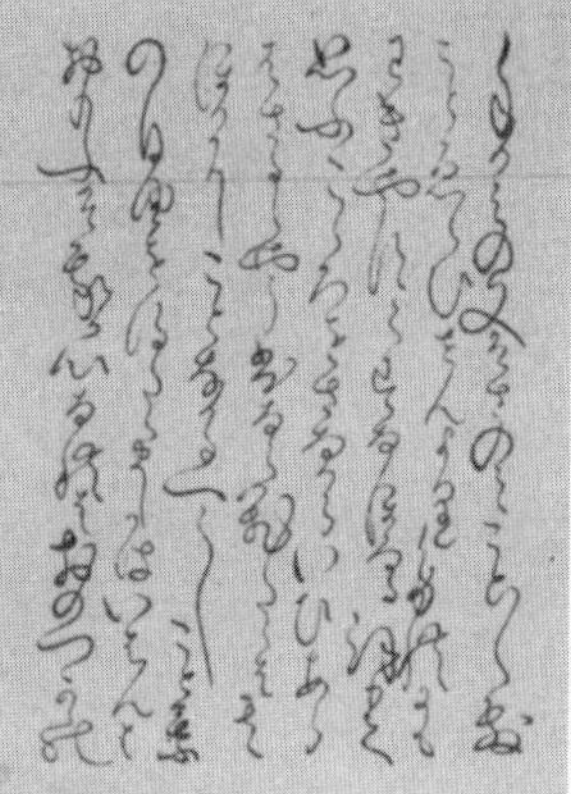

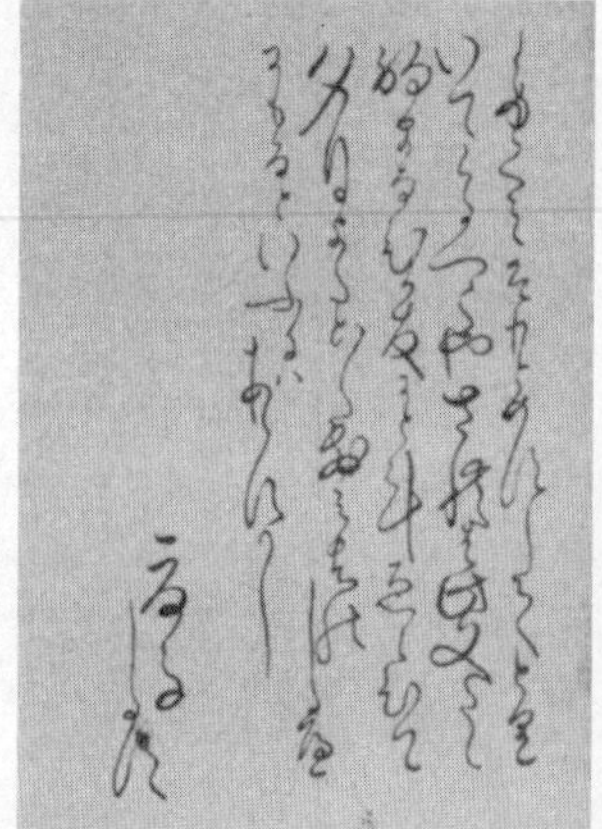

『通俗書簡文』まえがき、一葉の真筆である

って」ここに淑女のために苦心して書いたとある。

一葉の書いた文例の上の段には鼇頭（ごうとう）といって鷗夢岩田千克が本文とかかわりなく「書簡文法」などを書いている。

手紙の書き方の実例のあと、一葉は「唯いささか」と題して手紙を書く上での心がまえを簡略にのべている。それを要約すると、

・難かしい用語を用いる必要はない。飾らなくても心のこもった胸にひびく文を書こう。

・言葉をつくろう前にまず自分の心をよく見つめよう。

・冗漫になるのをさけ、これをこそ伝えたいことにしぼろう。でも長い手紙を相手がたのしむこともある。

・文字を書き慣れることが大切。日記をつけると手紙も気安く書けるようになる。

・頼む文や断る文はなるたけなだらかに、こちらのやむを得ない事情を意を尽くして書こう。

・女性が男性あてに書く手紙は誤解を生みやすいので特に注意が必要。

・どんなに急いで書いても出す前に一とおりよみ直し、誤字、脱字を訂正する。

とある。これは現代にも通じる心がまえである。

次に、手紙の書き方の具体的な注意がある。これは巻紙に筆で書く時代の注意で、現代にはあてはまらないかもしれないが、礼儀として知っておいてよいことだろう。

一　巻紙のはしは余白をあけ、天地も十分な余白をとる。冒頭に紙の継ぎ目があってはいけない。行末は不揃いでもかまわない。

二　行頭に候が来てはいけない。行末に御の字を書いてもいけない。(私こと、などを行頭に書かないのは現代でも行なわれる)

三　時候の挨拶には工夫が必要。お悔みの文、地震や出水見舞など不幸をなぐさめる手紙は悠長な前文は不要。

四　さいごには女性はかしこ、あなかしこ、と書くべきである。(一葉自身の書簡もそうで、他にあらあらのみ、かしこ、草々かしこ、などを用いている。男性は頓首、謹言、不一、敬白、以上、などを用いる)

五　日付は女性の場合「明治何年何月何日」と書くのはあまり仰々しい。大方、日付のみ「何日」と書くのがおおらかでいい。あるいは「七月半ばごろ」なども格好がいい。

六　目上の人に対しては名を書かず、父上様、母上様、伯父様などと書く(これは郵便でなく使いにもたす手紙の場合)。同姓の友だちなら「何子様御もとに」など書く。女性が殿を使うのはかえって軽くみている感じがする。かしこまった手紙には姓名ともに記す。女性から男性に出すときは馴れなれしくないように、お互い姓名ともに書く。

（これについては夏目漱石が若い友人野間真綱に手紙の書き方を指南した明治三十八年一月四日付の手紙がある。それによると、

尊敬の場合　夏目様　真綱

同等の場合　夏目金之助様　野間真綱

ごく懇意か目下の場合　金之助様　真綱

「是が昔しの礼儀であります」と漱石はむすんでいる）

七　書状を封じて、封、緘、鎖、糊などと書くのはどれも女らしくない。印を押すのも変。ただ〆とだけ書く。

八　郵便で出すときは切手が不足しないように。相手と自分の住所ははっきり書いて、万が一届かなくても必ず戻るように。

当時、葉書は一銭、封書は二銭。明治十六年から昭和十二年までずっと上らなかった。一葉自身は男性のより小ぶりの、透しの入った美しい封筒などを用いている。当時郵便の集配はいまより多く、一時間ごとくらいであった。

半井桃水への手紙

最後にとっておき、一葉のじっさいに書いた恋文を載せておこう。相手はもちろん小説の師である半井桃水である。桃水は朝日新聞の小説記者であった。

一葉の天才に比べ、桃水は見劣りする通俗作家のようにいわれるが、果してどうだろうか。最近は、対馬の出身であったために朝鮮問題に通じていた人として、彼の小説「胡沙吹く風」などが注目されている。少なくとも一葉によれば桃水は丈高く、色白で、三歳の子もなつくような美丈夫だった。日記を読んでも、おだやかでやさしい、人の良い感じである。このときはまだ無名の若い女性から尊敬する師に寄せる手紙である。ゆっくり読んでみてほしい。

（明治二十五年秋）

御ひえびえ敷相成まいらせ候。御起居いかがいらせられ候哉。その後はたえて御音ずれもうかがわず、しのびしのびにお案じ申暮し、新聞の上にてお作を拝し候時のみ少しなぐさむ心地に御坐候。こなたこと身にはつつがも覚えずながら、さまざま責めらるること多く、御話しははまの真砂ただならねど、中々の御耳ざわりとさしひかえ申候。お孝様よりは嘸(さぞ)かしたえ間なく御便りあらせらるべく、真に真に御浦山しくぞんじまいらせ候。私しとても心はお孝さまに露違わねど、いろ眼鏡の世のうるささには折ふしお軒したのゆききをもいたしながら、空しくお二階を見あげて行過る斗(ばかり)、さりとては幾年の後に表われて御目通りのかなうべきにや、思えばくやしきよの中に御坐候。申までもなく御如才はあらせらるまじけれど、おわずらい後は寒暑のお身にしむ物とか、追々に夜さむの秋に相成候まま、つねづねお馴れにはいらせらるべきが夜ふかしは御毒にや、何とぞ何とぞ御自愛遊ばし候様、かげながらいのり居候。山々御様子うけたまわり度ながら、この文も誠は内々にてしたため候のゆえ、宅のもののみる目くるしく、手前勝手ながらお返事らしくなき御文(おふみ)待入まいらせ候。まずは御伺いまで。

あらあらかしこ

なつ子

半井兄上様

御前に

　二人の関係にはかなりの起伏があった。急かれて会いたくて、三日にあけず一葉が訪ねた時期もある。桃水の女性関係の噂に傷つき、不品行に怒っていた時もある。一葉は戸主であるため結婚もままならず、桃水の方も死んだ妻への愛があって再婚の意志はなかった。また萩の舎では、主として一葉の口から出たことではあるが、桃水との噂も広まり、別れの忠告もなされた。交際を絶つ事務的な手紙を送ったり、かと思うと覆水を盆に返したいかのようになつかしい手紙を書いたりと一葉は揺れに揺れた。

半井桃水（一葉と会った頃）

「ある時は厭い、ある時はしたい、よ所ながらもの語りききて胸とどろかし、まのわたり文を見て涙にむせび、心緒みだれ尽して迷夢いよいよ闇かりしこと、四十日にあまりぬ。七月の十二日に別れて此かた一日も思い出さぬことなく、忘るるひま一時も非ざりし」

（日記・明治二十五年夏）

「去るもの日々に疎し」とはいっても、本当の恋の炎はそう簡単に灰とはならない。むしろ恋情は時間と空間の距離が遠くなるにつれ高まってゆく。

先の手紙、ひやっとする秋の気配がよく伝わる。いったん別れると決心した男、好きな人の文を新聞紙上で見かけるときの胸の高なり、その作品を読むことはむしろエロス的快楽に近い。話したいことは山ほどあるが、男を追いつめても詮ないことを女は知って引いている。

二人の間に実事があったかなかったか、お金の貸借があったかどうか、かまびすしく取り沙汰されてきたが、それはどうでもよいではないか、と思えてくる。ここでまさに一葉は性的な存在として、自分を示している。つまり自我が崩壊するほどの幸せな合体の瞬間と同じく、かぎりなく相手に対してやさしくなれるということを。

できるなら自分も身内の者のようにわけへだてなく、あなたの心や体を近くに感じたい。それでも世間はうるさく、恋い焦れるあなたの家の軒端近くを通りながら、寄ることもできず、むなしく二階を眺めて吐息を洩らす。日一日と寒くなる。病いのあとの体が気がかり、夜更しは体の毒、どうかどうか自分をいとうてほしい。あなたがこの世のどこかに元気でいるということが私の生きる支えだから……。

しかし愛情あふれるこの手紙は結局出されなかったようである。恋をしたことのある人なら思いあたる。激情にかられて長い手紙を書くが、翌朝、よみ返すと恥ずかしくなり、手箱の奥にしまう。書く、ということが自分をみつめることであり、気持を晴らすことであり、よし手紙が相手のもとに届かなくても、目的の過半は達成される。いってみれば自慰なのだ。

ところがしっかりものの妹邦子のおかげで、文反故までも、公表されてしまった一葉。ちょっとかわいそうである。

いくつか季節がめぐり、明治二十七年春、一葉が竜泉寺町で商売にあけくれていたころの、桃水への手紙の下書がある。驚くことに似たようなのが三通も。

上野も澄田川も花は此頃と承り候。ここのくるわはまだ盛とも申難けれど、昨日今日人の出はおびただ敷ことに御坐候。ちと御出まし遊されては如何や。この長閑なる空に、御引籠りがちにては、いとど御こころの晴るる方なく、お毒にもやと御案じ申され候。此ほどは久々にての拝姿に、嬉しさの先だちて何事も申そびれ、ろくろく御詫も不申上御別れに相成りいと胸安からず存じ暮しまいらせ候。（以下ヲ欠ク）

ほど近い吉原での桜はまだ盛りにならないけれど、人出は多く春の浮かれた気分がある。病気になって青白くやせた桃水を心配して、一葉は少しばかりの外出をすすめる。この前は久しぶりにお会いしたうれしさに、何から話していいかわからず浮き足立って、一人になってみたらあれも話したかった、このことのお詫びもすべきだった、と心残りが多くて……。

この手紙も出されなかった。

明治二十七年五月、一葉は竜泉の店をたたんで最後の住い、本郷丸山福山町四番地へ移る。

一葉の恋歌三首ばかり。

よそながらかげだに見んと幾度か君が門をば過ぎてけるかな

わかれんと思ふばかりも悲しきをいかにかせまし逢はぬ月日を

書き交すこの玉章（たまづさ）のなかりせば何をか今日の命にはせむ

一葉の実像をさがして――文庫のためのあとがき

二〇〇四年秋、樋口一葉は五千円札の顔になる。これについて、識者は新聞などで、若く貧困のうちに亡くなった一葉が天上で「ほっほっほ」と高笑いしてるだろうとか、「何で私なんだよ」と地下でふてくされているだろうとか、さまざまに評している。中には女性の地位向上の今日、一人くらいは女性を入れなければならない、という政治的配慮だろうとか、鷗外、露伴とちがい髪があるので偽造が難かしいから選ばれたのだろうとか、貧乏な一葉には千円札の方が似合うのになどと勝手なことを言っている。どれも面白い意見だけれど、何か少し違うような気がする。

一葉は明治二十九年に亡くなり、その句読点のほとんどないひきしまった雅俗折衷文は文語文最後の草といってもよいが、読みにくいためか今日、教科書にも採られていない。しかし声に出してよむとずっと頭に入りやすい。音としては非常に美しく、季節感がこだまして胸がキュンとする。これを現代語訳する試みもなされたが、ひどく冗慢になり音感が消され、これならむずかしくても原文の方がずっといいと私は思うのである。

一葉の場合、作品そのものを読むよりも、伝記、神話、それを元にして芝居、映画などの方が先行してきた感がある。このたびお札になることによって、また一葉に対する関心が強まっているが、そういうあまり一葉を知らない読者に向けて、私なりになるべく実像に近いスケッチをここでしておきたい。

一葉というのは、父も兄も失って、世の中という大海を心細く漂うしかない、という自分につけた号であって、本名は奈津。なつ、夏子なども書いている。

父を則義といい、母をたきという。二人は甲州（いまの山梨県）の塩山近くの農家の出身で、幕末のころ、恋愛してたきは身ごもり、手に手をとって故郷を出奔した。江戸に出て則義は同郷人の伝手をたよって蕃書調所の小遣いとなり、たきは生まれた長女ふじを里子に出して旗本稲葉家の乳母となった。一所懸命働いて慶応三年（一八六七）、やっと八丁堀の同心株を買ってにわか幕臣に成り上ったものの直後、幕府は瓦解。則義は運良く、そのまま東京府の官吏に横すべりすることができた。

明治五年の三月二十五日、一葉は内幸町の東京府構内長屋、いってみれば職員住宅で生まれている。姉ふじのあとに泉太郎、虎之助の二人の兄があり、なつに遅れて妹くにが生れた。つまり五人兄弟の四番目で次女ということになる。

当時の東京では土地付住宅を買って定住するという発想はあまりなく、樋口家は転宅をくり返し、下谷御徒町辺、神田神保町辺などにも住むが、二十四年の生涯で一番長くいたのが本郷だろう。五歳のころ、東大赤門前に越し、吉川学校という寺子屋のような学校に上った。一葉は頭が良く早熟で、七つのころから草双紙を好み、手まりや羽子板などの女の子の遊びより、読書を好んだ。ことに英雄豪傑や仁俠義人の話が好きで正義感のつよい子であった。本来、女であるより男に生まれ、

左より妹邦子、母たき、一葉

広い社会に出て活躍したかったタイプだろう。

上級学校にも進みたかったが、女に学問はいらぬという母の意見で、公教育は五年半ほどしか受けていない。これは一葉にとって死ぬほど悲しいことだった。多くの少女がそうであるように、家事の手伝い、裁縫の稽古をしながら、それでも読書にいそしんだ。

父の配慮で十四歳のとき、小石川安藤坂にあった中島歌子の歌塾萩の舎に入る。爵位をもった家の子女、知識人の夫人なども多いいまを時めく塾であって、一葉は肩身の狭い思いをしながらも、伊東夏子、田中みの子と平民組をつくり、歌の上では負けまいと意気軒高だった。

一葉の暮らしを知るには、「一葉日記」が一番であり、それをもとに、私は明治の女性の歳時記を『一葉の四季』(岩波新書)にまとめた。わかりやすいものなので読んでいただければ幸いである。一方、一葉の人物評はのちに、「文学界」の同人である馬場孤蝶、星野天知、平田禿木、島崎藤村、一葉の担当編集者だった泉鏡花などがさまざまに試みているが、ここでは一葉の親友で、最期の床を見舞っていた伊東夏子『一葉の憶ひ出』をたよりに記してみたい。

伊東夏子は東国屋という裕福な鳥問屋の娘で、母とともに団子坂に住んでいたこともあり、下谷に住む一葉と萩の舎からの帰り道が一緒で、一葉が泊りにいったこともあった。一葉が萩の舎に入門したのは、いつか歌塾を開きたい、と思ったからだという。まだ明治も二十年ころは、女性が小説家として立ち、それで生活してゆける場も条件もなかった。唯一、歌のレッスン・プロとして稼いでいるモデルが中島歌子だった。

しかし、入門してみると先輩の田辺花圃（元老院議官田辺太一の娘）が『藪の鶯』を書き、坪内逍遥の推薦で金港堂から出版され、三十三円ほどの稿料を貰ったことを知った。一葉は閨秀（女性の）作家という肩書よりも、この原稿料にまず驚き、私にもできるかしらと思ったのである。

結局、一葉は死後ますます文名が高くなったので、先行した田辺花圃が面白いはずはなく、萩の舎時代の一葉について「女文豪が活躍の面影」など、皮肉で辛口な評を行った。たとえば、「髪が薄かった」「立居挙動（ふるまい）が変わっていた」「才気をひけらかすのが好き」「コックリさんで人をハメて笑っていた」「歌をつくるのは遅かった」、晩年については「お世辞がよくてまるで待合のおかみさんのよう」「書生がいれかわり立ちかわり入り込んで薩摩下駄が土間一杯」「気のおけない下町風」「嫉妬深くひがんだ感情を持っていた」「小説のモデルになりそうな人を尾行した」などである。

ここには自らも文学的野心と学識へのプライドを持ちながら、評論家三宅雪嶺と結婚して家庭の人となった花圃が、後輩の一葉の回想のみにひっぱり出される複雑な感情が見えている。当り前のことだと思う。しかし一葉を悪くいうだけでなく、花圃はその一葉の辛辣さ、ひがみ根性を含めて世を見る辛さこそが彼女の文学をゆたかにしているとも正確に述べている。

一方、文学的野心を持たないクリスチャンの伊東夏子（結婚して田辺姓）は、花圃のいういろいろに反論したくなったのであろう、『一葉の憶ひ出』を書いた。それによると一葉は幕臣の娘で物がたくつつしみ深く、萩の舎入塾当座は下を向いてばかりいて、親しみにくいところさえあった。それは強い近眼のためでもあった。しかし生意気とか傲慢とか、物知りぶるというところは初めからまったくなかった。

平民三人組は「われわれは爵という字を書かないですむからいいね」といいあい、位のある人をおひゃらかしたりすることはあったが、三宅花圃などはそういう三人を見下しているところがあった、という。

一葉は父の在世中は金持ではないにしろ、そう貧乏でもなかったが、期待された長兄泉太郎の死、次兄虎之助の勘当、父則義の死と相次ぎ、戸主として母と妹の三人所帯を張っていくしかなくなった。

家族は菊坂下の貸家に住み、推定一月十円くらいで暮していた。明治の二十年代の十円は少くとも現在の一万倍の価値はあるとは思うが、その収入は一葉と妹くにの手内職、縫い物、洗い物、蟬表（せみおもて）という籐製の下駄の表を編むことであった。当時の女性には外勤の仕事はなく、外に出るとしたらそれは女中か芸者か、娼妓に身を落すことであった。

芸が身を助くるほどの不仕合せ

という句がある。母たきは五十代で当時としては隠居といってよい年齢、おもに知人をたずねて借金を申し込んだ。当時の東京は郷党といって、同じ郷里から東京に出て来た者たちの助けあいのネットワークがあって、樋口家もそれを最大限に利用した。一葉自身、萩の舎の友人に借金を申し込み、借りてもありがたそうでもなく、しかもなかなか返さないので、わりと同情されていなかった、と夏子はいう。

手内職、借金、頂きもの……それでどうにか生活を回し、足りないと菊坂の質屋伊勢屋にかけ込んだ。日記に伊勢屋は六回出てくる。貯蓄という観念はないから、一葉一家はたまに借金できると、その金でウナギをとって食べたり、近くの寄席若竹に行ったりもした。

日記を見ても、この一家は肉はおろか、魚も買っては食べなかったようである。たまに知人から釣に行った帰りに魚をもらったりした。なすや菜っぱは庭で自給し、芋や大根を買っている。米、味噌、醬油ももちろん買っただろう。他に紙や筆を買いにいく記述も日記にはある。そして着物は何度も自分で洗い張りをして、傷んだところを目立たぬように縫い直した。ときに師中島歌子からお古を貰うこともあった。

明治二十四年、十九歳の一葉は朝日新聞記者の半井桃水を紹介され、小説の師とたのんだ。文学観のくいちがいはあったが、好男子でやさしい桃水を一葉が慕い、恋したことは、恋文（二四九頁）を見れば分かるので、これ以上ふれない。

桃水と共に同人誌「武蔵野」を発刊し、それに作品を発表しはじめたころが、いちばん楽しい時代だろう。萩の舎内で噂がとび、桃水の品行に疑いをもった一葉は彼から離れる。同じころ、星野天知、平田禿木らが一葉をたずね、同人誌「文学界」への執筆をうながした。

しかし一葉は筆で生きることの難しさを知り、実業に就こうと決意、二十六年夏、下谷区竜泉寺町に移り、玩具小間物の小店を出す。華奢な一葉が重い仕入れの荷をしょって東京を歩いた。これも最初はまあまあだったが、結局うまくいかずに一年ほどで閉店し、最後のすまい本郷丸山福山町に移る。そのころ窮した一葉は天啓顕真術会の久佐賀義孝に近づき、物質的援助を申し込んでいる。

二十七年七月の「やみ夜」を皮切りに「大つごもり」「たけくらべ」と「文学界」に発表し、一葉の文名は上った。「軒もる月」「ゆく雲」「うつせみ」「にごりえ」「十三夜」とつづき、〝奇跡の十四ヶ月〟といわれる。藤村、鏡花、緑雨をはじめ、たくさんの文人、編集者が一葉を訪問した。

しかし一葉の体はそう保たなかった。もともと肩にこりがあり、医者はこれが外に出ればよいが、内にこもると命とりになる、といった。これが二十九年の春になると背中の方にまわりゴツゴツと石のようで、春頃から発熱した。博文館の大橋乙羽に依頼されたこの『通俗書簡文』の執筆がまた命をすりへらした。

肺結核であり、夏ごろから床につく。伊東夏子は毎日のように見舞った。菓子を持っていくとこれがおいしそうだよ、と一葉は手で割ってくれたりした。あなたとわたしはお姉さんの黴菌を四、五万はのんだわけだね、とのちに夏子はくにと笑った。

十一月二十三日の早朝、枕の向きを変えてくれ、とくにに頼み、そうしてやるとそれきり一葉は事切れていた。葬式はお返しができないからとの理由で、樋口家が断わったため、きわめて淋しいものであった。萩の舎から田中みの子と伊東夏子、ほかに馬場孤蝶や斎藤緑雨。鷗外は騎乗して葬列に加わると申し出て断わられている。

日暮里の火葬場で一葉は煙となり、遺骨は浄土真宗築地本願寺の樋口家の墓に葬られた。戒名は智相院釈妙葉信女。

「喜怒哀楽を物語って夏子さんほど、親身に聞いてくれる友達は、五十年間に、一人も出会いません。物に付け、事にふれ思い出されます。平凡な友達だと、思うていましたが、やはり秀れた素質を持っていた人だったと思います」と伊東夏子はのべている。

士族の娘、郷党、読書好き、向上心、女戸主、女家族、近眼、不器用、英雄願望、貧困と夭折、ナショナリズム、文語体といったさまざまな一葉を理解するキーワードがあろう。一葉は、明治という時代への同調と違和感を持ち、純情と辛辣、つつましさとしたたかさ、親しみにくさと愛敬、相反する要素の多彩なせめぎあいの中で生きた人のように思える。

解説　優雅で人情ゆたかな時代

福原義春

とてもおこがましく解説などを書ける者ではないのに、引き受けてしまったのはどうしてか。この作家の書いた「実用書」という発想がとても面白かったからである。樋口一葉の二十四歳の短い生涯と、最後の一年余りのごく短い本格的な作家活動で何を遺したかについては多くの解説があるし、近くは井上ひさしの脚本で水谷八重子が「頭痛肩こり樋口一葉」の舞台を演じた。現在まで続いている一葉の人気である。若い女性に一家の生活がかかり、針仕事や駄菓子の店で生計を立てながら文筆生活を続けたことは驚くべきことだが、その才筆の花火のような華麗な開花も肺結核に勝てなかったのは、惜しんでも余りある。その死の直前に、当時の大出版社博文館の日用百科全書のシリーズで「通俗書簡文」という、云わば実用書を依頼されたのだが、一葉はこの仕事に精魂を傾けつくして没したような感じがある。

私が一葉に惹かれたその第一は「たけくらべ」のような擬古文であったり、当時としては新しい表現の「この子」のような口語体であったり、文体を自由に使い分けてきて、しかもゆたかな余韻のある文章で、情景や人物を見事に表現していることだ。

また第二には明治維新後女性の地位が、僅かずつではあるが解放されて行く状況下で、こんなに年若い新しい才能が森鷗外や幸田露伴のような文壇の権威に絶賛されるという、そのことがとても興味深く思えるのだ。性別も年齢も学歴も超えて新しい才能を評価する開明的な先輩たちに恵まれるということは、今日でもめったに見られないことである。

また明治にも大正にも、さまざまな分野で新しい女性が生まれ活躍したが、その数は決して多いとは云えない。その中で一葉は純粋文学で現代の紫式部にたとえられ、今もその輝きを失わない。

もうひとつには森まゆみさんが樋口一葉全集の中で発掘した「通俗書簡文」に対する興味である。これは一葉の作品を評価する上からも、すばらしい視点であったと思う。

「通俗書簡文」の意味は、手紙を書こうと思うとつい体裁を整えるためにおっくうになってしまったり、折角の好意をほったらかしにしないように、その頃のいろいろな人たちのいろいろな情況を設定して、形式にとらわれることなく、感情をこめてやさしい手紙を書きましょうということだ。そこで判りやすい文章や話しことばで自由に手紙を書く文例がいくつも収められている。

一葉の文才は、このような素直な手紙の見本を書かせても、整った文章の美しさを失わぬことだ。手紙を書き、それに返事する人々の心をそのままに人情の機微をうがちながら表現している。きっと明治の人々は、この手本のように上手に書けるわけがないと思いつつも、手紙を書くときの道しるべにしたのではないかと。

手紙と云ってもいろいろな立場の人が書き、さらにいろいろな状況の下で書かれるので、そのひとつひとつの場合を想像して出来た作品は、まさにそれぞれが一編の掌編小説のような魅力に溢れているように思う。

今日ではこのようなやりとりはeメールや携帯電話で顔まで見えてしまうが、このころまでは毛筆で書簡箋に書いたものを使いの者が届け、やがてその返事が来るという、優雅で人情ゆたかな時代であったのだ。その中には年始の忙しさに紛れてのおわびに手紙に品物を添えて送るとか、田舎の親に寒中見舞いを述べるとか、小学校の卒業を祝うとか、今日でも型通りに手紙を書いているような文例もあるのだけれど、今では一々手紙にしないような「雷鳴（かみなり）はげしかりし後友におくる」とか「草花に添えて人のもとに」とか「かりたる傘を時雨ののちかえす」文例があって何となく床しい気分を味わう。

明治の人はこのような、今で云えば些細なことに一々手紙を書き、またその手紙に応えていたのであろうか。もしかすると社会の中で人と人の感情の結びつきが濃密で、一葉の文章が一層その味を濃くしているようにも思える。

また一葉の手紙の文例は女性ものばかりではなく、男性やさらに地位の高下にかかわらずに作られていることももうひとつの特徴である。一葉の小説に見るような情景や人間の観察の鋭さが、手紙を書いている本人と受け取った相手の返書によく表現されている。作者はその情景の想像に骨身を削ったのかも知れないが、いい歳をした中年男がこの若い女性の文章を懸命に学ぼうとしている場面を想像するだけでたのしいことだ。さらにその中に詰まっているのを読み解くことが読者に与えられる愉しみだ。先に例にあげた「雷鳴(かみなり)はげしかりし後友におくる」は森まゆみさんの解説にもあるとおりの名文にちがいない。

華氏百度にも上がった寒暖計を見ている暑さが目に浮かぶようだ。そのうち突然に冷たい風が吹き始めて激しい夕立となり、雨戸の隙間から雷光(いなずま)とともに轟くような音。間もなく何事もなかったように晴れ上がって夢から醒めたよう。「あなたさまはいつも地震の次に怖がっておいでなので、さぞかし驚かれ、香を焚いて蚊帳の中にちぢこまっておられたのではと思いやっております。今の空のように何もなければとお見舞い申し上げます。」

何より雷の怖い友は、「兄たちに笑われながら魂も身に添わず物も考えられずに顔色も失い、ただ蚊帳の中で布団にくるまっておりました。お礼に伺わなければと思うのに、兄の友人たちが来てしまって手伝いもしなければならず、書中で失礼を許してください。雷ぎらいを直そうと心がけますのでどうぞお案じなさらないように。」と応える。

何とも思いやりの深い、しかもユーモアに富んだやりとりである。「通俗書簡文」と云うのだが、もしこれが日常のことだったら驚くべきことだ。この例文から、手紙をやりとりする二人の姿が目に浮かんでくる。百年前の日本はかくもよき時代だったのかと思わざるを得ない。

私の気に入りは「猫の子をもらいにやる文」と「同じ返事」の一節である。「愛猫のお玉がお隣の犬に噛まれてしまった所に、たまたまお宅の三毛猫が沢山子供を産んだことを聞き、同じような白い子猫を頂けないかしら。結納のしるしにお母さん猫に鰹節一袋をお送りします。」という手紙の返事はこうだ。「お宅に行く子は爪をとぐことを覚えたので気をつけてしつけて頂くよう。突然のことなので鈴もつけて飾ってやれないのでまたたびの粉一袋をつけてお届けしますので、面倒を見てやって下さい。」

このあと二代目のお玉は無事に育ったことだろうか。

明治は遠くなりにけりということばが流行ったのはいつの頃だったか。大正、昭和、平成と時代が流れるうちに、このような森まゆみさんの着眼と、行き届いて判りやすい解説がなくては一葉の作った手紙の文章の真意がどこにあるかも判らなくなってしまった。ありがたいものだと思い、また明治の人々ののびやかな心を味わえたことに感謝する。

本書は一九九六年十一月、筑摩書房より刊行された『かしこ一葉―「通俗書簡文」を読む』を再編集し、改題したものである。文庫化するにあたり、『通俗書簡文』よりの引用文については、新仮名遣いを採用し、適宜、句読点を補った。

ちくま文庫

樋口一葉の手紙教室　『通俗書簡文』を読む

二〇〇四年五月十日　第一刷発行

著　者　森まゆみ（もり・まゆみ）

発行者　菊池明郎

発行所　株式会社　筑摩書房

東京都台東区蔵前二―五―三　〒一一一―八七五五

振替〇〇一六〇―八―四一二三

装幀者　安野光雅

印刷所　株式会社精興社

製本所　株式会社積信堂

ちくま文庫の定価はカバーに表示してあります。

乱丁・落丁本及びお問い合わせは左記へお願いいたします。

筑摩書房サービスセンター

埼玉県さいたま市北区櫛引町二―六〇四　〒三三一―八五〇七

電話番号　〇四八―六五一―〇〇五三

ISBN 4-480-03938-4 C0195